J. Konrad Stettbacher

Wenn Leiden einen Sinn haben soll

Die heilende Begegnung mit der eigenen Geschichte

Mit einem Vorwort von Alice Miller

campe paperback

Die Deutsche Bibliothek – CIP-Einheitsaufnahme

Stettbacher, J. Konrad:
Wenn Leiden einen Sinn haben soll: die heilende Begegnung
mit der eigenen Geschichte / J. Konrad Stettbacher.
Mit einem Vorw. von Alice Miller. – 1. Aufl. –
Hamburg: Hoffmann und Campe, 1993
(Campe Paperback)
ISBN 3-455-10304-9

Umschlaggestaltung: Lo Breier
Satz: Fotosatz Otto Gutfreund, Darmstadt
Druck und Bindung: Clausen & Bosse, Leck
Printed in Germany

Wenn Leiden einen Sinn haben soll, dann sehe ich ihn nur darin, das Leid aufzulösen. Das bedeutet für mich, die Gründe für das Leid zu suchen und festzustellen, um in Zukunft das Leiden verhindern zu können.

INHALT

Vorwort

Das Erscheinen dieses Buches ist eine gewaltige Herausforderung an alle bestehenden therapeutischen Schulen. Denn J. Konrad Stettbachers Therapie erbringt den Nachweis, daß es möglich ist, die Verdrängung der Kindheit in einer nicht gefährlichen und nicht verwirrenden Weise aufzuheben – etwas, das von den angesehendsten Schulen immer bestritten wurde.

Wieviel unnötiges Leid wäre mir, meinen Kindern und Kindeskindern erspart geblieben, wenn ich dieses Buch als junger Mensch hätte lesen und damals schon das Bewußtsein über meine Kindheit hätte erlangen können. Wie viele Irrwege hätte ich mir und meinen Patienten ersparen können, wenn ich es wenigstens nach meinem Studium und vor der irreführenden Ausbildung zur Psychoanalyse in die Hände bekommen hätte. Aber damals existierte Stettbachers Primärtherapie noch nicht. Sie mußte zuerst erlitten, erprobt, konzipiert und schließlich beschrieben werden und wird erst jetzt der Öffentlichkeit zugänglich.

Im Schmerz über das, was mir entgangen ist, tröstet mich die Tatsache, daß dieses Buch sehr vielen anderen Menschen helfen wird, sich zu orientieren, bevor sie für sich die entscheidenden Weichen zu Ehe und Kinderzeugung gestellt haben. Aber auch Älteren wird es helfen, Wege aus ihren Fallen zu finden, Wege, die nicht destruktiv sind und

ihnen bisher ungeahnte Möglichkeiten in ihrem Inneren eröffnen werden.
Dank diesem Buch werden sie erfahren, daß entgegen Freuds Behauptungen die Realität der Kindheit durchaus erschließbar ist; ferner, daß dies nicht durch künstliche, daher gefährliche Mittel, wie z. B. LSD, Hypnose, punktuelle Geburtserlebnisse und dergleichen, geschehen soll, sondern langsam, durchaus mit Rücksicht auf die natürliche Abwehr, Schritt für Schritt, aber konsequent auf das Ziel hin: die Wahrheit über erlittene Traumen mit Hilfe der Gefühle zu finden. Denn der verletzte Mensch *ist* in der Lage, die Geschichte seiner Verletzungen aufzusuchen und deren Folgen aufzulösen.
Das ist eine revolutionäre Entdeckung, die weittragende Konsequenzen haben wird. Nach dem Erscheinen dieses Buches wird es kaum möglich sein, Opfer von Mißhandlungen in der Kindheit weiterhin mit abstrusen Theorien, vieldeutigen Symbolen, Meditation oder gar Medikamenten von ihrer wahren Geschichte abzulenken, außer vielleicht in einzelnen Fällen, in denen die reale Situation des Kindes so unfaßbar war, daß der Erwachsene dem Blinde-Kuh-Spiel der Theorien ausgeliefert bleibt. Diejenigen, die ihre Wahrheit erfahren *wollen*, werden von nun an wissen, daß dies *absolut möglich ist*.
Die Verdrängung half uns zwar in der Kindheit, Grausamkeit zu überleben, aber im Erwachsenenalter hindert sie uns am bewußten und verantwortlichen Leben. Die meisten Menschen wissen nicht, daß sie als Kinder verletzt wurden und daß

es gerade diese Verletzungen sind, die sie daran hindern, das Leben zu achten und es zu schützen. Daher verletzen sie ihrerseits ihre Kinder und nennen offensichtliche Kindesmißhandlungen Abhärtung, Erziehung oder Sozialisierung. Die Verdrängung der ersten Erfahrungen, die dem Kind zum Überleben verholfen hat, präsentiert nun dem Erwachsenen ihre Rechnung in Form des Gebotes „Du sollst nicht merken", das er streng befolgt. Doch wir brauchen diese Rechnung nicht länger zu bezahlen, wenn wir wissen, daß es einen Weg gibt, das einst verlorene Bewußtsein wiederzuerlangen. Kein ernsthafter Therapeut kann es sich von nun an leisten, diese Entdeckung zu ignorieren.

J. Konrad Stettbachers Weg zur systematischen Aufhebung der Verdrängung ist ein Durchbruch zu einem völlig neuen Konzept der Hilfe und Selbsthilfe, ohne jegliche Spur von Pädagogik, und zugleich zu einer neuen Sicht des Menschen, zu einer Anthropologie mit bisher ungeahnten Perspektiven. Denn sobald es genügend Therapeuten gibt, die die Dynamik der Kindesmißhandlungen aus eigener Erfahrung erkannt haben, kann der Teufelskreis der Zerstörung und Selbstzerstörung der Menschen aufgehalten werden.

Da ich diese Therapie selbst erprobt habe, da ich ihre erstaunliche, ganzheitliche Wirkung im Körper, im Fühlen und Denken selbst feststellen konnte, kann ich sie jedem leidenden und hilfesuchenden Menschen vorbehaltlos empfehlen. Dies endlich tun zu können bedeutet für mich eine große Erleichterung, weil ich seit dem Erscheinen meiner ersten Bücher vor zehn Jahren ständig um Adressen von Therapeuten gebeten wurde, die in Übereinstimmung mit meinen Erkenntnissen arbeiten. Ich konnte diese Bitten mit dem besten Willen nicht erfüllen, weil meine Bücher offenbar allem widersprechen, was Therapeuten noch heute lernen und praktizieren.

Erst in J. Konrad Stettbachers Konzept fand ich eine Therapie, die den Tatsachen der Kindesmißhandlungen volle Rechnung trägt, sich durch nichts darin korrumpieren, durch keine Furcht verunsichern oder blenden läßt, die nichts verbrämt, nichts verschleiert, nicht Verzeihung predigt und sich in der Funktion als Anwalt des Kindes durch nichts abhalten läßt. Der Gegensatz zu den überlieferten Meinungen und Haltungen und zur üblichen Praxis spricht aus jeder Seite seines Buches, auch wenn der Autor, anders als ich in meinen Büchern, auf jede Polemik verzichtet.

Begreiflicherweise ist die Nachfrage nach Therapeuten, die den Patienten furchtlos bis in die schrecklichsten Anfänge seines Lebens begleiten können, weil ihnen die eigenen Schrecken bereits bekannt sind, überaus groß. Ein Angebot, das dieser Nachfrage gerecht wird, gibt es bisher kaum. Doch die Ausbildung hat begonnen, und in absehbarer Zeit wird sich die Situation ändern. Dieses Buch kann immerhin helfen, die Wartezeit zur Vorbereitung zu nutzen und die Hoffnung auf die Entdeckung der eigenen Wahrheit nicht aufzugeben. Da diese Therapie viele Möglichkeiten offenläßt, sie kreativ anzuwenden, wird deren Beschreibung zweifellos dem einzelnen helfen, im

Rahmen seiner Möglichkeiten neue Entdeckungen zu machen – vorausgesetzt, er ist bereit, sich der Wahrheit zu stellen, was auch immer sie für ihn bereithält.

Im September 1989 Alice Miller

EINLEITUNG

Ein Mensch, der einmal erfahren durfte, wie wertvoll beschützendes, verstehendes, schöpferisches Tun sein kann und wie lustvoll friedliches, erkennendes Zusammenleben ist, wird dieses Leben erhalten wollen und seine Kräfte dafür einsetzen.
Offensichtlich sind wir noch nicht soweit. Die zerstörerischen Aktivitäten bedrohen uns und alle anderen Bewohner unseres Planeten. Unbestreitbar ist der Mensch zur Zeit das Lebewesen mit der größten Macht auf Erden. Diese Position hat er sich durch sein Lernvermögen, seine Vermehrung und durch seine Fähigkeit zur Gruppenbildung verschafft. Es ist aber auch der Mensch, der durch sein Verhalten, durch den Umgang mit den anderen Lebewesen und Dingen, das Leben auf dem Planeten Erde am meisten gefährdet. Diese Tatsache sollte uns dazu anregen, unseren Umgang mit Mensch und Natur zu überdenken und zu verändern. Das Fehlverhalten von uns Menschen muß Gründe haben, die zu erkennen und zu korrigieren sind.
Der einzelne Mensch entscheidet über sein Handeln und muß sich als Erwachsener dafür verantworten und die Folgen tragen. Wenn er nicht zu Mißhandlungen verleitet wurde, wird er sinnvoll handeln.
Warum haben wir so große Mühe, sinnvoll zu leben? Alle Grundlagen dazu sind ja vorhanden.

Jeder einzelne kann nicht mehr als seine natürlichen Bedürfnisse befriedigen. Diese sind nicht unersättlich, solange sie natürlich sind, d. h. solange die primären Bedürfnisse nicht zu Perversionen gemacht wurden.
Ist es das „Schicksal" gewisser Lebensarten, ihre Grenzen an der Vielzahl zu finden, um daran zu scheitern und unterzugehen? Müssen wir uns vermehren, bis das Ungleichgewicht in der Natur, das Versiegen der Nahrungsquellen oder der Verdruß über uns selbst die Vernichtung des Menschen erzwingt? Oder ist es die aggressive Art des Menschen, seine Tendenz zur Zerstörung – die in dem Maße zunimmt, wie seine Unlust durch sinkende Lebensqualität wächst –, die zu seiner Vernichtung führt? Ist es ein Erbe aus der Vergangenheit, das uns zwingt, Lästiges, Störendes auszumerzen, und wenn es sogar die eigene Art ist?
Das alles sind mögliche sekundäre Erscheinungen. *Die Not des Menschen gründet aber in seinem unvollständigen, fehlenden oder gestörten Bewußtsein. Jeder sollte sich bewußt sein, daß er von seinesgleichen und von der Umwelt abhängig ist und daß die Umwelt sein Tun beantwortet.* Sobald die Fähigkeit des Menschen, furchtlos zu fühlen und zu verstehen, nicht mehr gewährleistet ist, ist er in Gefahr. Es ist die Furcht vor den Menschen und vor der Umwelt, die uns hindert, klare, lebensfreundliche Entscheidungen zu treffen und konstruktiv zu handeln. Die unbewußte Furcht des einzelnen Menschen, er selber als Lebewesen sei ungenügend, böse, schlecht, ungeeignet, unwert: *Das* ist die Wurzel negativer Kompensationen und

Entwicklungen. Ein in seiner primären Wesensart bestätigter Mensch hat Freude am Leben und ist nicht zerstörerisch.

Die Furcht, wie sie im Gewand der Mythen und Sagen aus der Kindheit der Menschheit erscheint, den verbildlichten verschiedenen Erklärungsversuchen seiner ungeklärten Schwierigkeiten, müßte eigentlich gebannt sein. Wir kennen unsere Stammesgeschichte, wir wissen um unsere Entwicklung und können uns die Entstehung des Alls und der Lebewesen erklären. Aber solange Eltern ihren Kindern immer noch Angst verursachende Geschichten erzählen, um ihnen Verantwortung aufzuladen, und damit die Wahrheit entstellen, ist diese Quelle der Furcht nicht gebannt.

Die unbewußte Furcht als Frucht vieler Ängste und Schmerzen aus der Kindheit des Menschen, gepaart mit Schuldgefühlen, verursacht Bewußtseins-Überlastung. Daraus entstehen viele Formen von Fehlhaltungen, die Kommunikation und Leistung beeinflussen, das Wohlbefinden mindern und Leiden verursachen.

Furcht entsteht aus primären Überlastungen, die Konsequenzen der Furcht verursachen immer Leiden. Nicht nur der Leidende selbst leidet darunter, die Folgen des Leidens sind auch ökonomische und nicht zuletzt ökologische Probleme. Mit dem Leidenden, der durch das Leiden verängstigt, verwirrt und dadurch in seinen Fähigkeiten eingeschränkt ist, Realitäten in kluger Voraussicht zu erkennen, wird auch die bewohnte Welt krank und kränker. Die Fehlbeurteilungen und Fehlentscheidungen führen zu Fehlhandlungen, dies wie-

derum zu unbewußten Schuldgefühlen, welche die Voraussetzung zu Fehlbeurteilungen bilden. Das ist ein Teufelskreis, der durch seelisches Leiden verursacht worden ist.
Um „seelisches Leiden“ in Zukunft vermeiden zu können, müssen wir erst einmal wissen, was seelisches Leiden ist und wie es entsteht. Leiden, der Abgesang von Not und Schmerz, das Lied unserer Ängste und Verzweiflungen, ist Ausdruck von Kranksein, schwach, gebeugt, gekrümmt und hinfällig, in großer Not, vor dem Ende. Seelisches Kranksein scheint *die* Ursache allen Leidens zu sein, darum drängt sich die Frage auf: Wie entsteht seelische Krankheit, was ist „seelisch krank“?

Was ist „seelisch krank“?

Seele: ursprünglich „die zum See gehörenden“. Nach germanischen Vorstellungen wohnten die Ungeborenen und die Toten im Wasser.
Seele ist das, was das Empfinden, das Fühlen und das Denken eines Menschen ausmacht, die Gesamtheit seiner Erlebnisse und all seiner Erinnerungen.
Es gibt im menschlichen Organismus kein Reservat für die Seele. Die Gesamtheit der Erinnerungen, auch der stammesgeschichtlichen Erinnerungen, wird von jedem Menschen zum gedeihlichen Überleben benötigt. Der Ausdruck der Seele, des Seelischen, besteht aus der Summe unserer Äußerungen und Handlungen. Man kann sagen: Die Seele des Menschen bringt das, was ihn bewegt, an die Oberfläche und zum Ausdruck, mit der Absicht, das Leben zu verteidigen und zu erhalten.
Der Mensch, dessen Möglichkeiten, sich zu erhalten, gestört oder fehlgeleitet worden sind, ist als einzelner, als Teil einer Gruppe oder der Gesellschaft gefährdet oder wird erkranken. *Seelisch Kranksein* ist demnach eine Störung unseres Erhaltungssystems.
Wie und wodurch entstehen solche Störungen in unserem „System“?
Das Wort System steht für „gegliedertes Ganzes“. Der Mensch als gegliedertes Ganzes, der Mensch, den die Natur hervorgebracht hat, wie ihn die Mutter hervorbringt, der Mensch als in sich geschlossenes, nach außen offenes, außerordentlich komplexes, wunderbares und erstaunlich funktio-

nierendes gegliedertes Ganzes, ist ein System mit der Aufgabe, die Selbsterhaltung des Lebewesens zu sichern.
Dieses von Beginn an funktionierende System benötigt zu seiner Erhaltung die selbstlose Zuwendung und Hilfe seiner Erzeuger und Angehörigen, weil es anfänglich *(primär)* schwach und unselbständig ist.
Die Erzeuger müssen zu ihrem Kind in einer bejahenden, verantwortlichen, zuwendenden und leistungsfähigen Beziehung stehen, um seine Bedürfnisse erkennen und befriedigen zu können. Die Befriedigung der natürlichen, primären Bedürfnisse bewirkt beim Kind eine grundlegende Sicherheit, Vertrauen und Lebenslust, welche gemeinsam die Basis einer positiven Beziehungsfähigkeit bilden. Sind diese Voraussetzungen erfüllt, so spielt sich eine optimale Beziehungsfähigkeit im „System Mensch" ein. Damit ist die Grundlage für eine optimale Lebens- und Liebesfähigkeit gegeben. Um diese Voraussetzungen zu erfüllen, müssen wir um die Bedürfnisse des kleinen Menschen wissen. Er signalisiert diese Bedürfnisse zuverlässig, und jede Mutter kennt sie instinktiv. Allein die offene Bereitschaft, die Bedürfnisse des Kindes stillen und befriedigen zu wollen, genügt. Der kleine Mensch braucht viel Aufmerksamkeit, optimale Ernährung, pflegend-freundliche Zuwendung, ruhige Menschen, die ihn in liebender Absicht ermuntern, eine Umgebung, die ihn schützt und die ihm Möglichkeiten eröffnet, sich zu erproben. Er braucht der Wirklichkeit gemäße Informationen und klärende Hilfe. Dies alles benötigt der

heranwachsende Mensch, um zu sich und zu seiner Umwelt eine positive, selbstsichere Beziehungsfähigkeit entwickeln und erhalten zu können.
Bleibt einem Heranwachsenden die Befriedigung seiner *primären Bedürfnisse* versagt, so wird er verunsichert. Wenn dem kleinen Menschen auf sein Rufen oder Weinen hin keine Hilfe zuteil wird, entstehen zunehmend Schmerzen und Ängste in ihm, denen er hilflos ausgeliefert ist. Diesen Zustand empfindet und erfühlt er als *seine* Unzulänglichkeit. Er darf und kann nicht merken, daß er in seiner Not allein gelassen wird. Wenn dieser Zustand andauert, muß er empfindungs- und gefühllos werden, er würde sonst körperlichen Schaden erleiden oder sogar sterben. Er wird merken, daß etwas an seinem Erhaltungssystem nicht funktioniert. Da seine Appelle an die Umwelt keinen oder ungenügenden Erfolg haben, da er keine Hilfe erhält, wird er in seiner Beziehungsfähigkeit zusehends unsicherer und ist zuletzt gestört.
Unterbliebene Bedürfnisbefriedigung führt zu Störungen der Beziehungsfähigkeit.
Die Beziehungsstörung jedes Menschen wird wiederum Störungen im Gesamtsystem, in der Gemeinschaft, zur Folge haben. Wie negativ sich diese bemerkbar machen, wird von der Aufnahme- und Tragfähigkeit des Gesamtsystems abhängen.

Meine Definition von „seelischer Krankheit“ enthält die Behauptung, seelische Krankheit sei eine durch Beziehungsgestörte verursachte Beziehungsstörung. Das ist eine harte und unangenehme Aussage. *Jeder* wird sich wohl „in Frage ge-

stellt“ fühlen und sich dagegen wehren. Niemand will an einem krank machenden Geschehen Schuld tragen. Wir leiden oft, wenn auch nicht immer bedrohlich, unter irgendwelchen Beziehungsstörungen, sei es zur Umwelt oder zu uns selbst. Wir leiden unter Umständen, ohne dies wahrhaben zu wollen, weil wir nicht verstehen, weshalb wir leiden. Wir verdecken unsere Schwäche lieber. Dabei wissen wir uns kaum zu helfen. Eine gestörte Beziehungsfähigkeit kann erst verändert werden, wenn sie als solche erkannt wird. Erkennen-Können setzt voraus, daß wir UNS, jeder einzelne sich selbst und das gesamte Kollektiv, „in Frage stellen wollen“, um die Ursachen unserer Störungen aufzufinden. Nur so werden wir, wenn dies notwendig ist, unser eigenes Beziehungssystem und Verhalten verändern können.
Damit ist auch gesagt, daß die „seelische Krankheit“, die „gestörte Beziehungsfähigkeit“, nicht von außen geheilt werden kann. Jeder einzelne Mensch muß selbst die Veränderung wollen, er muß den Entschluß dazu fassen und sie selbst verwirklichen.

Wir können davon ausgehen, daß der menschliche Organismus, das menschliche System, falls es von einer gesunden, tragenden Umwelt geschützt wird, sich zu einem prä- oder postnatalen Zeitpunkt noch in einem mit sich übereinstimmenden Zustand befindet. Die drei Beziehungsbereiche, das Empfinden (körperlich), das Fühlen (Gefühlskomplex) und das Denken (Verstand), als Bezugsareale der Seele sind noch unverletzt, systemerhaltend, intakt.

Wenn keine Erbkrankheiten, keine Genschädigungen vorliegen und wir annehmen können, die Konstitution eines Menschen sei normal und seine Umwelt funktioniere positiv erhaltend, müssen wir uns fragen, wie dann seelische Störungen entstehen können.

Seelische Störungen kommen als fehlerhafte Reaktionen nach außen oder innen, gegen andere oder gegen sich selbst zum Ausdruck und zur Wirkung. Es sind Reaktionen, die uns, den einzelnen oder die Gemeinschaft, beeinträchtigen, verwirren, überlasten, gefährden oder schädigen.
Meiner Auffassung nach sind für unsere Reaktionen, sofern sie Äußerungen unserer Seele sind, unser Verletzt- oder Unverletztsein (Integrität), die fehlenden oder bestehenden Übereinstimmungen in unserem System, maßgebend. Durch Überlastung (Trauma) erleidet das Kind bzw. der Heranwachsende Verletzungen in der primären Übereinstimmung, in seinem System, in seiner primären Ordnung und Ordnungsfähigkeit. Die Verletzung wird durch angst- und schmerzauslösende Reize bewirkt, auf die der junge Organismus nicht oder nur ungenügend zu reagieren vermag, die er nicht systemgerecht einordnen kann.
Überlastungen sind Schmerzen und Ängste, für die keine Ursachen zu bestehen scheinen oder deren Verursacher nicht erkannt werden können bzw. aus Überlebensgründen nicht erkannt werden dürfen. Diese Überlastungen (Traumen) irritieren das System, stören die primäre Funktionalität und Integrität.

Folgenreiche seelische Verletzungen entstehen auch durch „Ver-Fälschungen“ der persönlichen, ontogenetischen sowie der stammesgeschichtlichen und der historischen Wahrheit oder durch Entstellung der Wirklichkeit. Aus solchen Verletzungen der vom Verstand bestimmten Integrität, z. B. durch Übermittlung irrealer Glaubensinhalte, entstehen tiefe Verunsicherungen im System. Durch solche seelische Traumen wird das ganze System verwirrt. Viele reale Erlebnisse, die Bewußtseinsinhalte bilden sollten, müssen dadurch ins Unbewußte verdrängt werden, weil sie mit den irrealen Darstellungen nicht in Übereinstimmung gebracht werden können.

Alle Verletzungen und Überlastungen der primären Integrität des kleinen Menschen kommen durch die Negation seiner Bedürfnisse zustande. Durch Vernachlässigung, Mißachtung und Überforderung, durch die immer wieder von neuem gemachte Erfahrung eines Zuwenig an guter und eines Zuviel an schlechter Zuwendung wird das System des jungen Menschen überlastet und gestört. Dies alles geschieht meistens nicht in böser Absicht, sondern wird von Generation zu Generation blind weitervermittelt.

Im überlasteten, traumatisierten System bildet sich eine Vielfalt unbewußter, latenter Reaktionen, nach innen und nach außen, welche zum Träger der Erscheinungen werden, die als Neurose, Psychose, psychosomatische Störung oder Kriminalität bezeichnet werden. All diese „Auffälligkeiten“ lassen sich unter dem Begriff „seelisch krank“ zusammenfassen.

Seelisch krank ist demnach ein verletzter, primär integrer Organismus, ein durch Traumatisierung in seiner ursprünglichen Übereinstimmung gestörter Mensch, der nur noch teilweise bewußtseinsfähig und in seinen Funktionen beeinträchtigt ist.

Wie kommen Verletzungen zustande,
und wie sehen deren Folgen aus?

Am Beginn des Lebens ist der Mensch sozusagen noch „ganz Körper", er spürt sich. Seine Wahrnehmungen und die daraus entstehenden Reaktionen werden durch sein Empfinden geleitet. Seine Sinnesempfindungen signalisieren ihm z. B. Wärme, Kälte, Weichheit, Härte, laut und leise, hell und dunkel usw. Gut und böse sind für den kleinen Menschen noch gleichgesetzt mit Lust und Unlust. Worte kennt er noch keine, er ist noch „ganz Empfinden" und vorerst ausschließlich auf diese *erste Ebene der Wahrnehmungen*, auf *das Empfinden* angewiesen. Aus den Empfindungserlebnissen entsteht bereits im Mutterleib eine *zweite Ebene der Wahrnehmungen, das Fühlen.*
Die Empfindungserlebnisse werden vom kleinen Menschen registriert und als Erinnerung gespeichert. Lust erzeugt bei ihm das Gefühl *gut*, und Unlust aus Schmerz, Angst (Beengung) u. a. erzeugt das Gefühl *böse*.
Die Erfahrungen, die der kleine Mensch mit sich selbst und mit seiner Umwelt macht, bilden in ihm die *Ebene des Fühlens als Vorahnung dessen, was er anstreben oder vermeiden möchte.* Es sind seine Erfahrungen und Reaktionen, im Zusammenklang

mit seinen Empfindungen und Gefühlen, die im kleinen Menschen bereits eine Meinung, eine innere Gestimmtheit, über das, was gut und böse ist, gebildet haben. Die Gestimmtheit aus der Verbindung von Empfindung und Gefühl bildet das qualifizierende ICH.

Bereits der Fetus kann durch Überlastungen, die sein Wohlbefinden beeinträchtigen, in seiner Integrität verletzt werden. Er ist noch ganz auf seine Empfindungen angewiesen und muß sich in seinen Reaktionen danach richten, er kann nicht darüber nachdenken und „verstehen". Angst und Schmerz kann er nicht interpretieren, sie verwirren ihn. Wenn z. B. eine Mutter das Sichtbarwerden ihrer Schwangerschaft durch Einschnüren ihres Körpers unterdrücken muß, traumatisiert sie damit bereits ihr Kind. Der kleine Mensch wird sich als eingeengt, bedroht und gequetscht empfinden, ohne das Geschehen verstehen zu können. Alle seine Reaktionen werden ihm nur ungenügend Erleichterung verschaffen, da sein Bewegungsraum eingeengt bleibt. Die dadurch erzeugten Gefühle lassen sich etwa so beschreiben: „Es gelingt *mir* nicht, mich besser einzurichten, *ich* bin zu schwach, *ich* kann es nicht schaffen, *ich* mache etwas falsch, *ich* muß stillhalten, sonst schmerzt es noch mehr."

Das Ungeborene, welches eine solche Einengung seines Lebensraumes und seiner Bewegungsfreiheit über längere Zeit erdulden muß, wird durch die dabei erlittenen Schmerzen und Ängste eingeschüchtert, unterdrückt, verunsichert, in seiner Persönlichkeit verletzt und beeinträchtigt. Kann der Mensch als Antwort auf wiederkehrende

angst- und schmerzauslösende Vorgänge keine genügende Äußerung und Anpassungsleistung erbringen, so entsteht im Organismus eine latente Reaktion. Diese erzeugt, ganz oder teilweise unbewußt, die Tendenz zu Verkrampfungen, zu Verharren in schematisierten Formen (z. B. Totstellen oder Angreifen). Es entsteht eine immerwährende Reizantwort, eine latente Reaktion auf Überlastung, die in die Zukunft gerichtet ist. Die latente Reaktion ist als Abwehrhaltung auf einzelne Merkmale und auf die Summe der Merkmale aus dem primären Geschehen fixiert. Infolge der soeben beschriebenen Situation entstehen latente Fixierungen auf Feuchtigkeit, ganz bestimmte Berührungsempfindungen, Dunkelheit, Druck, Enge; Angst, Herzrasen, Organschmerzen und große nutzlose Anstrengung etc. sind die Folge.
Der so traumatisierte Mensch wird in Zukunft entsprechende Reaktionsformen zeigen, zu welchen er durch die Wirkung von Merkmalen und Signalen gezwungen wird, ohne sein Verhalten frei bestimmen zu können. Er verwendet nun als Erwachsener Verhaltens- und Beziehungsformen, welche sich in der Primärsituation scheinbar bewährt haben und die sein System jetzt als notwendig erachtet. Obschon seine spezifische Reaktionsform keine entspannende Lösung zur Folge hatte, wurde sie im System als scheinbar erfolgreich registriert. Anders gesagt: Der Betroffene ist gezwungen, sich in der eingebahnten Form zu verhalten, weil ihn die Furcht *(Furcht ist die Frucht der Ängste)* vor Schlimmerem daran hindert, eine andere Verhaltens- und Beziehungsform zu erproben. Er

weiß ja nicht, was ihm in der primären Situation widerfahren ist, und weiß auch jetzt nicht um sich. Ein und dieselbe Furcht treibt ihn an, seine Bemühungen zu steigern und sich gleichzeitig still zu verhalten, um endlich eine entsprechende Lösung, um Entspannung zu erlangen.
Die beschriebene Traumatisierung wird eine Einengung der ganzen Persönlichkeit zur Folge haben, eine Einengung auf Verhaltens- und Beziehungsformen, die unter unbewußtem Zwang erfolgen. Der Überlastete wird das, wie eine nicht verheilende Wunde, immer unbewußt empfinden. Die Wirkung wird in einem Gefühl kaum merkbaren Unbehagens weiterbestehen und den Menschen dauernd zu ungerichteten Veränderungen drängen. Die beschriebene Verletzung erzeugt u. a. Gefühle der Bewegungsunfähigkeit und ängstliche Zurückhaltung sowohl bei körperlichen als auch bei geistigen Anforderungen. Sobald der Verletzte sich aus inneren oder äußeren Gründen bedroht fühlt, werden seine unbewußten Erinnerungen das Erhaltungssystem alarmieren. Es entsteht eine Anspannung, und das Erhaltungssystem reagiert in der vorgeprägten Art und Weise, da ES nur diese vorgebahnte Lösung kennt und dieser vertraut.
Dies ist *eine blinde, latente Reaktion, eine andauernde Reaktionsbereitschaft, die aufgrund unbewußten Geschehens in lebenserhaltender Absicht entstanden ist. Daher sind diese Mechanismen so hartnäckig.*
Das beständige, wenn auch kaum merkliche Unbehagen erzeugt im Menschen einen blinden, ungerichteten Drang, sich gegen diesen Zustand zu

wehren. Dessen Ursachen kennt er nicht. Die dabei entstehenden Gefühle der Wut und Resignation werden als Hilflosigkeit und Bösesein qualifiziert. Damit wird der Gefühlsbereich überlastet. Dieser Mensch wird in der Folge unter *unbewußten Schuld-Gefühlen* leiden.

Das unterschwellige, unverstandene Unbehagen treibt zur Abwehr. Da aber der „Feind" nicht erfaßt und erkannt werden kann, bleibt nur die Abwehrbereitschaft bestehen. Diese ist unbewußt, blind, verallgemeinernd und durch zufällig auftretende Merkmale, die Signalwirkung haben, willkürlich auslösbar. Der Grund des Unbehagens, die primäre Verletzung, wird, weil sie in einer Situation von Hilflosigkeit erlitten und nicht oder nur teilweise wissend erlebt wurde, immer wieder furchtsam erwartet.

Die blinde, latente Reaktion hat noch weitere Konsequenzen im Gefühlsbereich. So wird z.B. das Unvermögen, in der Notsituation eine Lösung zu finden, als vermeintliche eigene Schwäche im System registriert. Das Fühlen und damit das ICH wird mit Komponenten wie Bösesein, Schuldigsein, Wertlossein und Niedergedrücktsein belastet. Ungeboren, ohne verständlichen Grund eingeengt und behindert, mit Schmerz und Angst überlastet, furchtsam und sich der Umwelt hilflos ausgeliefert fühlend, unbehaglich und mit unterschwelligem Zorn – so kann der seelische Zustand eines Menschen schon im Mutterleib aussehen. Ob dieser Organismus nun als krank oder als neurotisch bezeichnet wird, ist einerlei. Beide Bezeichnungen hört man nicht gerne; sie fixieren nur Ängste und

Meinungen. Wesentlich ist, daß dieser Mensch aufgrund seiner Verletzungen in seinem weiteren Leben Anpassungsschwierigkeiten haben wird. Seine Lebensqualität ist bereits vermindert, sein Empfinden und sein Fühlen, die erste und die zweite Ebene seines Beziehungssystems, sind bereits überlastet und verunsichert.
Dieser Mensch ist in einer permanenten Abwehrhaltung befangen, nicht nur sensibilisiert, sondern auch irritiert. Das erschwert ihm im Gegensatz zu einem unbelasteten, selbstsicheren Menschen jede Tätigkeit. Es ist trügerisch, zu glauben, die aus Verletzungen entstandene Zurückhaltung könne einmal gute Dienste leisten. Der unverletzte Mensch übt abwägende Zurückhaltung, wenn sie am Platz ist. Permanente angstbedingte Zurückhaltung und gleichzeitig aggressive Durchbrüche sind ein Dauerstreß, der viel Energie verbraucht und keinen Nutzen bringt. Durch eine lange und schwierige Geburt wird eine solche pränatale Symptomatik noch verstärkt und kompliziert.
Im Verlauf der Kindheit kann ein so primär geschädigtes Kind aufgrund seines Verhaltens Verspottung und Verfolgung erleben. Durch diese erneuten Traumatisierungen wird die Verletzung der funktionellen Integrität um eine weitere Ebene vertieft. Das Verspottet- und Verfolgtwerden kann von diesem Menschen nicht hingenommen werden, er weiß möglicherweise um seine Eigenart, aber verstehen kann er sie trotzdem nicht. Zudem ist es für ihn unverständlich, warum er sich nicht ändern kann und weshalb er um seiner Eigenart willen verfolgt wird, wieso es keinen Menschen gibt, der ihn

versteht. Er bleibt diesem Geschehen ausgeliefert; solange er keine Hilfe gefunden hat, erlebt er die kränkende, ablehnende Umwelt sogar bewußter und ist dennoch allem gegenüber hilflos. Wiederholte traumatische Verletzungen bestätigen die Erfahrungen auf der Ebene des Fühlens und Empfindens. Damit wird die Überlastung immer größer. Die im *Gefühlspotential* gespeicherte Reaktionslatenz, welche die maßgebliche Verhaltensbasis bildet, läßt sich vielleicht wie folgt umschreiben: „*Mich* kann man nicht lieben, *ich* bin ein komischer Mensch, alle anderen sind besser und fähiger, *ich* bin hassenswert, *ich* muß mich noch mehr anstrengen, obschon ich schon lange nicht mehr mag, *ich* muß mich bemühen, zurückhalten und ducken und weiß nicht, wann und was angebracht ist, damit nichts Ungutes geschieht. *Ich* sollte mich endlich ändern, es ist *meine Schuld,* daß ich noch keine Lösung für meine Probleme gefunden habe ..."
Die latenten Reaktionen sind aus Überlebensgründen rigide und jederzeit abrufbereit. Am Leidenden und seinen damit verbundenen Schwierigkeiten stößt sich die Umgebung. Die Menschen aus dieser Umgebung werden ihn mit Meinungen apostrophieren (z. B. „an seinem Charakter ist jeder selbst schuld") und mit Diagnosen belegen. Beides nützt dem Betroffenen nicht, sondern schadet ihm. Durch *Etikettierungen wird das Suchen nach einem ganzheitlichen Verstehen blockiert.* Die Folge ist wiederum eine zusätzliche Verunsicherung, ein Mehr an Integritätsverlust.
Wir stehen nun einem Menschen gegenüber, der in seiner Integrität verletzt worden ist:

① auf der Ebene des Empfindens (Körper)
② auf der Ebene des Fühlens (Gefühle)
③ auf der Ebene des Verstehens (Denken)

Die Verletzungen wirken ganzheitlich und werden sich auf den gesamten Organismus auswirken. Das Eß-, Schutz- und Fluchtverhalten werden betroffen sein. Die unbewußten, zwanghaften, latenten Reaktionen, die keine *bewußten* Verbindungen mehr zu den ursprünglichen Situationen besitzen, die jedoch vom System zur Abwehr einer Not aufrechterhalten werden, erfordern konstante Anstrengung. Diese Überforderung zehrt die Energien auf, sie wird sich auf die Aufmerksamkeit negativ auswirken und die Merk- und Lernfähigkeit beeinflussen. Zudem werden alle anderen Körper- und Geistesfunktionen durch die Überlastung der drei Bezugsareale der Seele beeinträchtigt.

„Seelisch krank" ist ein Mensch, der in seiner ursprünglichen Ganzheit und Funktionalität verletzt worden ist. Darauf antwortet er unbewußt mit individuellen Verhaltensmustern zur Abwehr meist vermeintlicher – manchmal realer – Gefahren. Er leidet unter seinen unbewußten Zwängen, fordert seine Mitmenschen heraus und belastet ungewollt seine Umwelt. Er leidet unter seinen vielen Schuldgefühlen und kann sich selbst nicht helfen.

Erinnerungen

Der Mensch, unser biologisches System, besteht aus Erinnerungen; Erinnerungen, die aus Erfahrungen folgen, die zahlreiche biologische Systeme (auch vormenschliche) im Organismus aufgebaut haben. Diese biologischen Erinnerungen bildeten die Basis unseres Körperaufbaus; man nennt sie auch Erbinformationen. Erinnerungen aus Kommunikationen im sozialen Verband des Homo sapiens mit seiner Umwelt haben sich ebenfalls auf die Ausbildung unseres Körpersystems ausgewirkt. Diese Erinnerungen nennen wir Resultate der stammesgeschichtlichen (phylogenetischen) Erfahrungen, im Gegensatz zu den Erinnerungen des einzelnen, die wir als persönliche (ontogenetische) Erinnerungen bezeichnen.

Körperliche und emotionale Erfahrungen bilden die Erinnerung des einzelnen Menschen. In jedem neuen Leben werden die stammesgeschichtlichen und die persönlichen Erfahrungen zu Erinnerungen. Dieser Vorgang bewirkt, daß sich in der Basis, Körper und Geist, andauernd Umstrukturierungen ereignen. Alle unsere Erfahrungen bilden Erinnerungen in uns, die wir natürlich nicht ständig bewußt halten können. Dennoch sind Erfahrungen als Erinnerungen ein Teil unseres inneren „Wissens“. Viele Erinnerungen, besonders solche aus früheren Wachstumsstadien, sind nur als Geschehen und nicht als bewußtes Erlebnis gespeichert. Die entsprechenden Hirnregionen, die bewußtes Erleben verarbeiten können, konnten zum Zeitpunkt der konkreten Erfahrung noch nicht vollständig funktionieren, weil dafür erforderliche Begriffe und Worte noch nicht vorhanden waren.

Alle schmerzhaften und angstmachenden Erfahrungen, die nur in Erfahrungsbruchstücken gespeichert sind, sind gleichwohl Erinnerungen, die im therapeutischen Prozeß bewußt gemacht werden können. Es ist möglich, Erinnerungen bis an die Zeit im Mutterleib bewußt werden zu lassen: „Jetzt weiß ich, was damals geschah."

Krankheit überträgt sich

Als Kind habe ich am Wasser gespielt und dabei die Erfahrung gemacht, daß der Stein kalt und hart war, als ich ihn berührte. Als ich mir mit dem Stein auf die Finger schlug, entstand eine „unangenehme Empfindung“ in mir, welche von meiner Mutter vorerst „Bobo“ und später Schmerz genannt wurde. Mit diesem Stein gewann ich somit schon drei Erfahrungen, die mir eine Wertung des Steins und meiner Handlung vermittelten. Aus der Erfahrung kalt und hart und aus der Erfahrung Schmerz ergibt sich meine innere Einstellung zum Objekt Stein. Über meinen optischen Eindruck, die Form und die Farben, blieb mir diese Erfahrung mit dem Stein als Summe meiner Wahrnehmungen in Erinnerung. Diese Erinnerung wird parallel zu einem Objekt dieser Ersterfahrung, einem vergleichbaren Stein, wiederauftauchen, ohne daß ich das richtig bemerke. Meine Handlungsweise hat sich automatisch angepaßt, da mein System schon „weiß“, was ich am Stein erfahren habe. Das „Erlebnis Stein“ wird meine Erwartung von Stein zu Stein übertragen.

Im täglichen Leben finden nun ununterbrochen solche Übertragungen statt, d. h., Erlebnisse werden erwartet, sobald Objekte, z. B. „Menschen mit Zeichen“, auftauchen, an welche bestimmte Erfahrungen und Vorstellungen gebunden sind. Die Übertragung von Mensch zu Mensch ist nun etwas komplizierter als diejenige von Stein zu Stein. Obschon und gerade weil beim Menschen eine instinktive, stammesgeschichtliche Erwartungshaltung existiert, sind Übertragungen von Mensch zu Mensch schwieriger zu differenzieren. Einerseits überträgt sich unsere stammesgeschichtliche Erwartung von Mensch zu Mensch: Wir haben also z. B. nicht die Erwartung, von einem anderen Menschen gefressen zu werden. Andererseits übertragen wir persönliche Erfahrungswerte und Zeichen von einem Menschen auf den anderen, d. h. Zeichen und Verhalten, die uns jetzt in der Gegenwart präsentiert werden. Diese Erfahrungswerte, die „Zeichen des Menschen" (des Objektes) und die daraus resultierenden Signale, beeinflussen bewußt oder unbewußt unser Verhalten, insbesondere unsere Zu- oder Abneigung. Die Vielfalt der Zeichen kann widersprüchliche Signale hervorrufen.

Zum Vergleich: Eine duftende Rose kann uns entzücken. Wenn wir jedoch ihre Dornen spüren müssen, ist unser Entzücken vermindert oder gar nicht vorhanden (je nachdem, wie tief der Dorn eingedrungen ist).

Zeichen als Bedingung von etwas Bildhaftem sind ursprünglich neutral. Das innere Orientierungsbild entsteht erst, indem wir den Zeichen eine Bedeutung zumessen. Diese Bedeutung wird durch innere Empfindungen und Gefühle ausgeprägt.

Es sind die Zeichen, die uns eine oder mehrere Erfahrungen mit einem ähnlichen Objekt oder Wesen, z. B. mit einem Menschen, vermitteln. So erlangen diese Zeichen eine hervorragende Funktion. Mehrere Zeichen werden als Summe in Gestalt eines symbolischen Werts verinnerlicht. Ein Beispiel: Aus der Erfahrung, die mit dem „Zeichen" „mütterliche Brust" eine Summe bildet,

kann die symbolische Wertung „süße, warme, bergende Rundung“ entstehen.
Das hochentwickelte Sensorium und das außerordentliche Differenzierungsvermögen des Menschen erlauben viele Wertungen; die meisten vollziehen sich unbewußt.
Unser Verhalten und unsere Beziehungen, ob in Gedanken oder in der direkten Begegnung, werden von den verinnerlichten Vorstellungen, durch unsere Erwartungen, Bilder und Symbole, geprägt. Wir sind zur Lebensführung auf unsere „Inn-Bilder“, die aufgrund individueller Erfahrungen entstanden sind, angewiesen.
Die Erlebniserwartung eines Menschen begründet sich 1. aus der Basis seines Instinktes, der stammesgeschichtlichen Erfahrungen, und 2. aus den aktuellen Erlebnissen, aus den individuellen Erfahrungen. Wir setzen unser inneres Bild eines Menschen aus Zeichen, Empfindungen und Gefühlen zusammen, die wir an ihm in der Begegnung wahrgenommen haben, indem wir ihn visuell, taktil, akustisch, phonetisch und kinästhetisch erfaßt haben.
Mit anderen Worten gesagt: Am Menschen sammeln wir Erfahrungen und knüpfen diese an unsere Wahrnehmungen an. Wahrnehmungen, die aus Zeichen wie Gestalt, Stimme, Worte, Farben, Haartracht, Geruch, Bewegungen und anderem mehr bestehen. Bewußte und unbewußte Erfahrungen, die wir aufgenommen und gespeichert haben, sind Träger und Bestandteil des Gesamteindrucks unseres Inn-Bildes. Auf diesem inneren Bild, das durch den Prozeß der Verknüpfung mit unseren Empfindungen und Gefühlen eine Wertung erhält, basieren

unsere gerichteten Einstellungen, die wiederum unsere Beziehungsmuster und Beziehungserwartungen hervorrufen. Erfahrungen mit Menschen oder Objekten in einer bestimmten Umgebung, die individuelle, aber variable Zeichen aufweisen, werden miteinander verknüpft. Sie prägen die Grundlage unseres Orientierungsverhaltens und unserer Übertragung. Wir benötigen diese Form der Übertragung zur Vermeidung oder Wiederholung einer uns bevorstehenden oder notwendigen Beziehungsnahme.

Ohne Sinneswahrnehmungen können wir uns nicht orientieren, und ohne sie sind wir nicht interaktionsfähig. Das Wahrgenommene und die damit verbundene Wertung übertragen wir vorerst ungeprüft auf andere Beziehungsobjekte, die eine ähnliche Eigenart und „Zeichensumme“ aufweisen wie die Objekte der Vorerfahrung.

Dabei können wir jedoch nie ganz sicher sein, ob unsere Einstellung, unser Anspruch und unsere Erwartung, der neuen Begegnung voll angemessen ist. Dies auch nicht, wenn wir einem anderen Menschen begegnen, selbst wenn dieser sehr viel Ähnlichkeiten mit den Menschen aus zurückliegenden Beziehungen hat. Es kann so zu unangemessenen Einstellungen (Vorurteilen) kommen, die auf Merkmalen, die wir in anderen Menschen wahrgenommen haben, basieren. Wenn die Vorerfahrung zu einer Zeit, da das Bewußtsein noch nicht ausgereift war, gemacht wurde, muß überprüft werden, was da vor sich geht. In frühen Entwicklungsstadien, in denen Absichten, Ziele und Handlungen vom Heranwachsenden noch nicht erkannt werden können und er Unachtsamkeiten und Mißbräuchen noch wehrlos ausgeliefert ist, sind viele Prägungen problematisch. Unsere durch Übertragungen bewirkten Einstellungen vermögen wir erst zu korrigieren, wenn wir den Mechanismus kennen und unsere Aufmerksamkeit darauf richten, erwägend zu prüfen, was in uns vorgeht. Bei Kontakten von kurzer Dauer oder in belanglosen Begegnungen wird es weder nötig noch möglich sein, die verinnerlichten Wertungen beim Vorgang des Übertragens zu prüfen, da dies viel bewußte Aufmerksamkeit erfordert. Unsere Aufmerksamkeit brauchen wir vor allem für unser Schutz- und Fluchtverhalten, und sie muß für die Koordination des Einverleibungs-, Bewegungs-, Paarungs- und Entleerungsdrängens zur Verfügung stehen. Diese Prioritäten schmälern die voll bewußte Beurteilung in einer Begegnung, sobald ein Konflikt signalisiert wird. Wenn einer oder mehrere der vitalen Dränge gesteigert sind, wird unsere Urteilsfähigkeit durch die unbewußten Übertragungen vermindert.

Übertragungen, die durch unbewußte *Angst- oder Schmerzerwartung beeinflußt werden, sind in der Beziehungsnahme erschwerend und unter Umständen lebensgefährlich.*

Bei psychotischem Verhalten fällt die bewußte Prüfung der Übertragung nahezu ganz aus, weil übermäßige Dränge vorherrschen und der Konflikt mit großen Angst- und/oder Schmerzerwartungen besetzt ist. Neurotische und psychotische Beziehungsmuster resultieren aus einer Erwartungshaltung, die hochgradige Übertragungsnot

beinhaltet. Chaotische Übertragungen geschehen unbewußt; es werden Not, Zorn, Wut, Verzweiflung und Angst ausgelöst, welche mit der Realität der aktuellen Begegnung fast oder überhaupt nichts zu tun haben.
Wenn durch Merkmale und Zeichen ein verletzendes oder angstauslösendes Erlebnis signalisiert wird, muß eine entsprechende Erwartungshaltung entstehen, welche Abwehr, Rückzug oder sogar Angriff zur Folge hat, da die Beziehung Gefahr erahnen läßt. Tritt hingegen ein Mensch in unserem Lebensbereich auf, der erfreuliche Erlebnisse signalisiert, so setzt ein Gewinnungsstreben ein, um ein begehrtes Erlebnis zu wiederholen.
Eine neutrale, abwartende Übertragung ist nur bei bewußter, fühlender Erwartung möglich, die nicht durch unbewußte Schmerz- und Angsterfahrungen überlastet ist. Nachdem wir uns entschieden haben, die diffusen Empfindungen und Gefühle in der aktuellen Beziehungsnahme zu klären, kann ein offenes, realistisches Verhältnis geschaffen werden.
Positive oder negative Erlebnisse mit einem nachhaltigen, eindrücklichen Ergebnis werden, da sie an Objekte, z. B. Menschen und deren Merkmale, geknüpft sind, durch bewußte oder unbewußte Übertragung die Beziehung zu jedem anderen Menschen beeinflussen, verbessern, erschweren, gefährden oder verunmöglichen. Das Übertragungsgeschehen kann im Extremfall den anderen oder uns selbst gefährden. Dies ist dann der Fall, wenn die Übertragung unbewußt geschieht. Wenn wir uns ganz bewußt erleben können, wird es

keine Schwierigkeiten geben, Empfindungen und Gefühle richtig zuzuordnen.

Die Übertragung kann der Selbsterhaltung erst dienlich sein, wenn sie bewußt *gemacht wird. Andernfalls werden die zerstörerischen und/oder erfreulichen Erlebnisse blind übertragen.*

Übertragungen erfolgen aufgrund von Merkmalen und Erfahrungswerten mit Menschen, deren „Signale" oder sensorische Reize durch unsere Sinnesorgane aufgenommen wurden. Bei einer Begegnung, Beziehung und Interaktion hören, sehen, riechen und spüren wir die Zeichen und Merkmale unserer Beziehungspersonen und Objekte und von deren Umgebung. Gleichzeitig fühlen wir unser inneres Gestimmtsein. Wahrnehmung, Empfindung, Gefühle und Stimmung werden gleichzeitig verinnerlicht, verknüpft und als Erfahrung gespeichert. Die so gespeicherte Erinnerung wird ausgelöst (aktualisiert), sobald ein dieser Erinnerung zugehöriges Objekt oder ein Teil davon in einer realen oder phantasierten Begegnung auftaucht. Anschließend überträgt sich unsere Erwartung, unser Anspruch auf die Person oder auf das Objekt in der neuen Begegnung. Dieser Vorgang vollzieht sich bewußt oder unbewußt.

Erhaltende oder störende gravierende Geschehnisse werden im frühen Entwicklungsalter oft unbewußt gespeichert. Der kranke Mensch ist dadurch der Vergangenheit unbewußt ausgeliefert und durch Traumatisierungen entsprechend belastet.

Primär gesund – verletzt – leidend

Die unbewußte Erwartung der angstmachenden und schmerzlichen Geschehnisse – die wir unwissend erlebt haben – bewirkt in uns das, was wir Leiden nennen (Neurose / Psychose / Psychosomatose / Kriminalität). Es ist die ängstlich-schmerzliche Erwartung der Vergangenheit. Sie enthüllt unsere latenten, unbewußten Reaktionsbereitschaften.

Furcht-Abwehr-Reaktionen sind verallgemeinerte, in der Vergangenheit erworbene Mechanismen wie die Verdrängung, Verleugnung, Verkehrung ins Gegenteil, Beschönigung, Rechtfertigung, Projektion und anderes mehr. Kurz gesagt: Verstellungen der Wahrheit, weil diese, so, wie sie war, unerträglich ist. Die Gegenwart und die Zukunft werden aber unbewußt nicht anders erwartet, als die Vergangenheit sich zeigte. Die Erfahrungen haben Muster für die Reaktionen festgelegt, die vom Organismus konsequent eingehalten werden. Überlastungen und Versagungen haben Tendenzen hervorgerufen, die unbewußt funktionieren und bisweilen zur totalen Verweigerung oder Zerstörung führen können. Man muß endlich einsehen, wie schwerwiegend die Auswirkungen durch die Verletzung der primären Integrität sein können. Es ist erschrekkend, wie die Lebens- und Beziehungsfähigkeit eines Menschen durch Mißachtung seiner primären Schwäche gestört werden kann.

Körperliches und seelisches Verletztsein, das unbewußt geschehen ist, verursachtes Leid, das keinen Grund zu haben scheint, sie entscheiden über das Bestehen und den Einsatz unserer Kräfte. Ob wir unser Leben konstruktiv oder destruktiv gestalten, ist von unseren persönlichen bewußten und unbewußt-latenten Reaktionen abhängig. Und diese sind an unsere primären Erfahrungen gebunden. Darum ist uns die Tendenz, einen anderen Menschen zerstören zu wollen, nicht unbedingt bewußt. Die destruktive Tendenz wurzelt in einer längst vergessenen Erfahrung, die uns Unbehagen verursacht, Unbehagen, das unbemerkt, kaum spürbar wirksam ist.

Primäre Schwäche

Die Mißachtung und der Mißbrauch der primären Schwäche bewirken Leidenszustände und Beziehungsstörungen.

Die schematische Darstellung des Regelkreises menschlicher Bedürfnisentwicklung, ausgehend vom Bedürfnis bis hin zur Befriedigung, zeigt, wie der Mensch in seinem System grundlegende Störungen erleiden kann (siehe Seite 45).

Die Abhängigkeit des Kindes, Folge seiner verstandesbedingten Schwäche (ersichtlich in der dritten Position, „Objektprüfung", im ersten Schema Regelkreis), umfaßt u. a. die beim Kleinkind noch fehlende Denkfähigkeit, das Fehlen von sprachlich gefaßten Begriffen und das fehlende Erkennen und Verstehen von Handlungsmotiven der Erwachsenen. Das Kind ist infolge seiner Abhängigkeit gezwungen, erlittene Mißhandlungen zu verdrängen und zu vergessen, da es sich wegen seiner Schwäche nicht angemessen selbst schützen kann. Es ist den Launen der Erwachsenen nahezu vollständig ausgeliefert.

Schema Regelkreis

Im ersten Schema ist der Regelkreis für eine gesunde Entwicklung dargestellt, ausgehend vom Bedürfnis bis hin zur Erholungs-Ruhe.
Das zweite Schema zeigt die Situation einer Verletzung und damit die Störung des Regelkreises, also der Lebensbedürfnisse. Die Ruhefindung ist nun bereits gestört, und/oder es bleibt eine Krampfbereitschaft bestehen, die die innere Harmonie nachhaltig stört. Dies ist bereits der Zustand eines Leidenden.
Der gestörte Regelkreis ist im dritten Schema dargestellt. Er zeigt den veränderten Ablauf nach der Verletzung. Störungen und Überdeckungen der natürlichen Bedürfnisbefriedigung durch Perversionen werden in einem späteren Abschnitt beschrieben. Individuelle Perversionen sind nichts anderes als Reaktionen auf Verletzungen. Sie entstehen als Abweich- oder Ausweichversuch auf Störungen des primär integren Regelkreises. Wiederum sind Angst-, Schmerz- und Versagenszustände die Ursache.
Betrachten Sie das Schema, Ihren persönlichen primär intakten, integren Regelkreis, und überdenken Sie Ihre Geschichte. Suchen Sie nach Störungen und Eingriffen, die Belastungen verursacht und Behinderungen bewirkt haben können.
Dieses Schema kann für alle Bedürfnisbereiche angewendet werden:

Schema gesund – verletzt – leidend

**Dazu gehören auch *Verzweiflung, Resignation, Trauer, Erschöpfung, Zorn* usw.

③ – für kognitive Bedürfnisse, das Verstehen – der Wirklichkeit entsprechende, wahre Informationen ...
② – für emotionale Bedürfnisse, die Gefühle – du bist gut, erfolgreich, so ist es richtig ...
① – für somatische Bedürfnisse, die Körperebene – die Empfindungen entsprechen ...

Die Folge von Verletzungen ist immer unbewußte Furcht.
Furcht wird in individuelle Abwehrhaltungen umgesetzt, um das Überleben zu sichern.
Die unvermeidliche Konsequenz aus Verletzungen der primären Integrität ist Leiden.
Durch das Bewußtwerden der früheren Schwäche und die nachzuholende Reaktion in der Primärszene läßt sich das Leiden vermindern oder sogar auflösen.

Auflösung spezifischer Leidensbilder

Aufgelöst ist ...
ein Dien-Zwang, wenn der Betreffende nicht mehr unfreiwillig, unbewußt dienen muß;
ein Schweige-Zwang, ein Anti-Denk-Zwang, ein Anti-Fühl-Zwang, ein Anti-Spür-Zwang, wenn der betreffende Mensch auswählen kann,
ob er schweigen, sprechen, denken, fühlen, spüren möchte;
wenn er Gefühlserlebnisse, Spürerlebnisse, wie sie für ihn zuträglich sind, eingehen und gestalten darf, ohne unter Furcht handeln zu müssen;
wenn der Zwang nicht mehr besteht, unbewußt

folgen, „lieben“, dienen, darben, leiden, verzweifeln, hassen, wüten, zürnen, trauern, resignieren, gehorchen, fürchten, erschöpft sein zu müssen; wenn es möglich geworden ist, das Leben frei, bewußt, entschieden gestalten zu können, lieben zu dürfen, was wirklich liebenswert ist.

Im ersten Kreis des Schemas, normal/gesund, Position 1–6, ist unschwer zu erkennen, wie sich die Befriedigung des Bedürfnisses über das Suchverhalten zur Objektprüfung entwickelt. Am Befriedigungsobjekt entscheidet sich, ob Lust in der Befriedigung gefunden werden kann, damit die Entspannung eintritt. Nach der erfolgreichen Interaktion darf ausgeruht werden, bis sich ein neues Bedürfnis meldet.

Beispiel: Der Säugling hat Hunger, er sucht seine Mutter, die seinen Appell *richtig* beachtet. Hier findet bereits der erste Teil der Objektprüfung statt. Daraufhin sucht und findet er die Brust und trinkt mit Lust die Milch, bis er satt und entspannt die Mutter anlächelt. Er läßt sich von ihr in den Schlaf wiegen. Nach einer Ruhezeit wird er erwachen und lächelnd nach der Mutter sehen.

Im Schema der Verletzung sehen wir, wie in der Position drei, der Objektprüfung, das Kind dem Erwachsenen ausgeliefert ist und infolge seiner Schwäche Schaden erleiden kann. Die kindliche Hilflosigkeit, *Unerfahrenheit* und sein Ausgeliefertsein bezeichne ich als Objektblindheit. In seiner Schwäche gegenüber dem Erwachsenen kann das Kind willkürlich verletzt werden. Seine Bedürfnisbefriedigung, die als Lust erlebt werden müßte, wird durch die Verletzung zur schmerzhaften Erfahrung, ohne daß das Kind die Möglichkeit hat, den Grund des Schmerzes zu erkennen. Das Kind ist nur Bedürfnis und muß diesem gehorchen. Jedes Zurückweisen, jede Verweigerung ist eine Mißhandlung. Aus welchen Gründen auch immer die Mißhandlung geschieht, das Kind fühlt seine Verletzung als seine Unzulänglichkeit.

Beispiel Verletzung: Der Säugling hat Hunger, er ruft, er schreit, aber die Mutter reagiert mit Ungeduld. Sie wärmt hastig die Flaschennahrung auf, prüft kaum die Wärme und nimmt mit verzerrtem Gesicht das Kind hart auf. Das Kind öffnet unter Tränen widerwillig den Mund, versucht, die heiße Nahrung zu verweigern, und wird damit mehr oder weniger Erfolg haben. Wenn die Nahrung zu warm ist, werden die Mundschleimhäute überreizt oder verbrannt. Die Wärme-Schmerz-Toleranz im Mund wird nicht nur unnatürlich hinaufgesetzt, durch „Abhärtung“ wird eine Gewöhnung, welche die physiologischen Bedingungen durchbricht, erzeugt. Durch diese abnorme Wärmetoleranz können Organschädigungen angebahnt oder direkt verursacht werden. (Zudem wird damit der Weg für späteres Rauchen oder andere überreizende Gewohnheiten geebnet.) Statt der erwarteten, lustvollen Befriedigung wird dem Kind Schmerz zugefügt, und dies ausgerechnet von der Mutter oder Pflegeperson, von welcher es das Gegenteil erwartet, nämlich Hilfe und Beruhigung. Dieses Kind speichert den vorwurfsvollen Ausdruck der Pflegeperson in seiner Erinnerung. Es ängstigt sich nun ständig, sobald ein Bedürfnis spürbar wird, und versucht, erfolglos seine Situation zu verändern. Das körperlich-seelische Verletztsein (in diesem Beispiel: massive Verletzungen der ersten und zweiten Ebene) bildet im System latente Überreaktionen aus, die für den Menschen belastend sind und andauernde Furcht erzeugen.

Die (Selbst)Verdammung

Der Schmerz und die Enttäuschung erzeugen im Kind Angst- und Schuldgefühle. *Mein System hat versagt,* mahnen fortan die Überwachungsareale im Kind. Das Kind wird sich in der Folge vor seinem Bedürfnis fürchten, sich beim Verspüren eines Bedürfnisses verkrampfen, weil ihm sein System anzeigt, daß eine Verletzung zu erwarten ist. Zugleich fürchtet es auch seine Pflegeperson/en, die es aber dennoch solange wie möglich idealisiert, um überleben zu können. Nach wiederholten Erfahrungen verwandelt sich sein Selbstvertrauen in Mißtrauen: Sein Selbstvertrauen, die Grundlage für jede Tätigkeit, fehlt. Dadurch wird ein gesundes Leben unmöglich gemacht. Das nachhaltig verunsicherte Kind wird sich kaum jemals richtig ausruhen können. Fortan lebt es immer mit unbewußten Schuldgefühlen und leidet.
Zum dritten Schema: das Leiden. Hier zeigt sich folgendes: Sobald sich das vitale Bedürfnis im System des Kindes nicht mehr unterdrücken läßt, ist es gezwungen, seine Bedürfnisbefriedigung zu erlangen. Sein Drang löst aber angstbedingte Krampfhaltungen oder sogar Krämpfe aus, weil es, seine Bedürfnisse empfindend und fühlend, aufgrund seiner

Erfahrung Schmerz erwartet, den es vermeiden möchte. Sobald das Bedürfnis stärker ist als die Angst- und Schmerzerwartung, wird sich das Kind auch mit einer Ersatzbefriedigung abfinden. Es erliegt den Bedingungen und den Forderungen der Umwelt. Es ist bereits schmerzgewohnt und zum Verzicht bereit, im Extremfall wird es sterben müssen. Zorn, Wut, Verzweiflung, Schuld-Angst und Haß über die mißlungene, schmerzhafte Bedürfnisbefriedigung registriert das Kind in seinem System unbewußt als *seine* mißlungene Anpassungsleistung. Das ganze Geschehen wird, verbunden mit den möglichen Wahrnehmungen aus der Umwelt, gespeichert. Zurück bleibt ein gespanntes, krampfbereites, auf Abwehr eingestelltes, leidendes, bedauernswertes Kind. Es wird seinen unbewußten Haß- und Wutzustand im Zusammenhang mit seinen Erfahrungen fürchten, sich aber nicht zu helfen wissen. Jedes Erwachen wird zur Last werden.

Beispiel Leiden: Mit rot angelaufenem Gesicht und schreiend ist das Kind aus einem bösen Traum erwacht. Die Mutter kommt, sie hat keine Freude an ihrem Sprößling. Das Kind ist ihr zuwider. Abweisend verrichtet sie ihre Pflicht, aus Angst vor Strafe, nicht aus Liebe zum Kind. Der Säugling sucht seine Nahrung, möchte zugleich verweigern, da er schon in Angst und Schmerz erwacht ist und wiederum Schmerz erwartet. Sein krampfhaftes Suchen und Wehren ist ihm eine Qual. Unter Zwang und Schmerz bekommt er seine Nahrung zugeführt. Seine Körperverspannung und seine Verzweiflung nehmen zu, da er trotz aller Anstrengungen keine befriedigende Anpassung zu leisten vermag. Das Kind ist erschöpft, traurig, verwirrt, und die Pflegeperson wird es mißmutig verlassen. Erschöpft und sich vor allem fürchtend, schläft das Kind ein.

Was in der Furcht schlummert

Solange wir unter Spannungen leiden, die durch Verletzungen, Überlastungen oder Entbehrungen verursacht wurden, leben wir unwissend der Vergangenheit ausgesetzt. Als blinder Untertan leben wir gefährlich, da die unbewußte Übertragung hier die Regie führt.

Im Schema des Leidenden finden wir uns in der *Endposition* gefangen (siehe Schema Regelkreis, Seite 45), auf die Abwehr alter Nöte ausgerichtet. Leider können wir kaum merken, was alles in uns wirksam ist. Auch die Intensität unserer Gefühle ist uns meist nicht bewußt. Die in uns bereitstehenden, latenten Reaktionen sind manchmal wie geheim programmierte Bomben, deren Zünder auf Merkmale kodiert sind, die wir nicht kennen, da die Programmierer uns darüber nicht informiert haben. Jedesmal, wenn eine Explosion droht, kommen Gefühle in uns hoch, die Alarm auslösen, Mobilisierung bewirken und uns beunruhigen, ohne daß wir die Ursache genau verstehen können. Natürlich leiden wir unter diesem Zustand, der körperlich oder emotional kaum zu ertragende Steigerungen erzeugt, die mit Haß- und Selbsthaßgefühlen verbunden sind. Für die Gesundung ist es notwendig, alle Empfindungen und Gefühle in uns zuzulassen und nicht zu unterdrücken, sondern darauf zu achten, wie, wo, warum und bei wem sie ausgelöst worden sind. Alle Gefühle, positive und negative, insbesondere sehr starke Haßgefühle und zwingende Begehrlichkeiten, sind zuverlässige Spuren in die Vergangenheit. Diese Spuren müssen verfolgt werden, um die Verursacher zu identifizieren und die Zwänge und Nöte aufzulösen. Not wird durch Haß-, Zorn-, Angst-, Verzweiflungs-, Trauer-, Erschöpfungs- und Resignations-Gefühle signalisiert; all diese Anmahnungen aus der Vergangenheit beinhaltet unsere Furcht.

Die latente destruktive Kraft in uns ist, entsprechend den primären Verletzungen, groß und gefährlich. Alte zerstörerische Kräfte wirken stetig oder wie eine tickende Zeitbombe. Sie sind im Opfer, im mißhandelten Kind entstanden.

DIE THERAPIE

Die Bezeichnung Primärtherapie ist ein Hinweis darauf, was in der Therapie geschieht, nämlich die pflegende Aufarbeitung der primären Beziehungen und der daraus entstandenen Schwierigkeiten. Das Ziel ist die Auflösung primär verursachter Angst, Schmerzen und Verwirrung durch Erkennen der Hintergründe. Das bedingt die „einsame" Auseinandersetzung mit den Eltern und allen anderen „Primärpersonen".

Primärtherapie ist eine Selbsthilfe, die gelernt werden kann. Das erfordert viel Disziplin und Durchhaltevermögen. Die Therapie erforscht das Vergangenheitsgeschehen, das nun bewußt und aktiv erlebt werden soll.

In unserem Therapiezentrum wird die Therapie in einer Basistherapiezeit und einer sich anschließenden Therapie in einer Gruppe durchgeführt. Die Basistherapie dauert durchschnittlich 20 bis 25 Arbeitstage innerhalb von vier bis fünf Wochen. Täglich findet eine Sitzung von bis zu drei Stunden statt. Die übrige Tageszeit wird für Ruhe und selbständiges Arbeiten, z. B. für das Nachhören von Therapietonbändern, gebraucht. Die der Basistherapie folgende Therapie wird in der Gruppe durchgeführt, regelmäßig einmal pro Woche. Der/die Therapeut/in leitet während fünf Stunden die Therapie. Die Therapie in der Gruppe erstreckt sich meistens über mehrere Monate bis mehrere Jahre.

Einzelnen Hilfesuchenden gelingt es nach einer Basiszeit, die Therapie selbständig weiterzuführen. Therapie in der Gruppe ist erst angezeigt, nachdem in der Basistherapie die grundlegenden Erkenntnisse erarbeitet worden sind. Die Gruppe vermittelt viel Anregungen und macht Erfahrungen anderer Menschen miterlebbar.

Primärtherapie ist Selbsterfahrung und zugleich Lernsystem, das dem einzelnen ermöglichen soll, seine Beziehungsstörungen und Verwirrungen aufzuarbeiten und aufzulösen. Das bisher „Gelebte“ wird zum „Erlebten“, die Erinnerungen gelangen zum Bewußtsein.

Es entsteht ein Bewußtsein, das dem Menschen den Zugang zu seinen Gedanken, Gefühlen und Empfindungen ermöglicht. Der Leidende erlangt im Verlauf der Therapie ihm bisher verborgen gebliebene Möglichkeiten. Mit der Zeit verfügt er für Begegnungen in der Gegenwart und Zukunft über eine ruhige, reale Erwartungshaltung, die ihn zu gesunden und konstruktiven Reaktionen befähigt.

Der Heilungsvorgang dauert sehr unterschiedlich lange an und ist auch nicht ausschließlich von der Therapie abhängig. Schwer leidende Menschen müssen vielleicht jahrelang mittels Therapie an sich arbeiten, nur um zumindest einigermaßen weiterleben zu können.

Der Therapeut

Die Therapeuten für diese Form der Primärtherapie müssen eine umfassende Allgemeinbildung besitzen. Ärzte und Psychologen haben aus berufsrechtlichen Gründen die günstigsten Voraussetzungen, um als Therapeuten zu arbeiten. Therapeuten müssen in ihrer persönlichen Therapie so weit fortgeschritten sein, daß sie jeder Fragestellung begegnen können. Sie müssen entwicklungsgeschichtliches, psychologisches und physiologisches Wissen haben. Therapeuten sollen frei sein von Furcht. Angst und Schmerz aus ihrer eigenen Kindheit müssen sie wenigstens offen eingestehen können und wissen, wie sie damit umzugehen haben; sie müssen wissen, wie sie sich helfen können. Therapeuten müssen reale Menschen sein. Therapeuten sind dann unfähig, wenn sie abhängig sind von Suchtmitteln, auf der Suche nach Anerkennung sind und in Abhängigkeiten leben, um derentwillen sie sich verleugnen oder mißbrauchen lassen. Therapeuten sind gefährlich, solange sie meinen, sie seien mehr als „nur" Menschen, und sie wüßten besser, was im Leben des Patienten geschehen ist. Therapeuten brauchen eine große Lebenserfahrung und die Fähigkeit, den Hilfesuchenden intuitiv zu erfassen. Therapeuten, die keine Geduld mit den sich ihnen anvertrauenden Menschen haben, sind ungeeignet. Fähige Therapeuten können sich für Fehler entschuldigen und lassen keine Mißverständnisse ungeklärt. Therapeuten müssen fühlende, empfindsame, wissende, verstehende, hilfsbereite Menschen sein.

Voraussetzungen für die Therapie

Voraussetzung für die Therapie ist vor allem die Abklärung, ob eine Psychotherapie notwendig ist oder ob organische Erkrankungen Grund des Leidens sind. Eine zuverlässige medizinische Untersuchung ist unerläßlich. Der Hilfesuchende selbst wird sich gegebenenfalls für die Therapie entscheiden.

Primärtherapie ist die totale Konfrontation mit der Vergangenheit und deshalb strapaziös. Der Beschluß, die Auseinandersetzung zu wagen, „komme, was da wolle", ist Grundbedingung, weil die Wahrscheinlichkeit, sich mit schrecklichen Ereignissen befassen zu müssen, sehr groß ist. Trotzdem ist die Therapie aufbauend.

Die Therapie mit geeigneter Begleitung zu beginnen, ist einer guten Geburtsbetreuung vergleichbar. Diese kann nur jemand leisten, der „das Kind" will. Wenn aber dieser Jemand nicht zu finden ist, ist es notwendig, *in sich selbst* den Therapeuten aufzubauen. Daß dies möglich ist, haben die Menschen bewiesen, die den Versuch mutig gewagt haben und denen Erfolg beschieden war. Die Therapie kann mit der vorliegenden Beschreibung erlernt werden.

Die Tragik der ungeliebten Kinder ist schrecklich. Sie ist so belastend und kränkend, weil das Kind keinesfalls begreifen kann, was geschehen ist. Die Vernachlässigung des Kindes widerspricht den biologischen Absichten. Es ist diesem Kind nahezu *unerträglich*, merken zu müssen, wie es ständig ungeliebt war, wie es statt dessen gebraucht, ausgenutzt, bedroht, geängstigt, geschlagen, mißbraucht, weggeschickt wurde, immer dann, wenn es geliebt sein wollte. Letztendlich muß es jede echte Zuwendung als Finte verdächtigen und sich „verweigern“, weil dies Gefahr bedeutet. Das Kind kann nicht wahrhaben, daß es von den Menschen, welchen es auf Gedeih und Verderb ausgeliefert war, nicht geliebt, sondern gehaßt worden ist. Doch sein Unbewußtes steuert sein System, um Gefahren zu vermeiden, und vermeidet damit das Leben. Die Lebensfreude ist in einem bitteren Meer des Schweigens versunken. Muß es nun ein Leben lang den Zombies gehorchen, um auch ein lebender Toter zu sein? Nein, es gibt zu seinem Glück die Therapie, aber die Entzauberung aus der Erstarrung muß jeder für sich selbst erarbeiten.

Das Vorstellungsgespräch

Es dient der Abklärung, ob einerseits der Patient bei diesem Therapeuten die Therapie durchführen will und ob anderseits der Therapeut diesem Patienten helfen will und kann. Zudem müssen auch die finanziellen Voraussetzungen besprochen und festgelegt werden. Wenn Sie einen Therapeuten gefunden haben, der Primärtherapie durchführen kann, müssen Sie Wartezeiten in Kauf nehmen. Sie werden einen kurzgefaßten vollständigen Lebensbericht einsenden und Fragebogen ausfüllen müssen, die der/die Therapeut/in zur Information benötigt.

Die Therapiearbeit

Diese Arbeit findet in der vertrauensbildenden Gemeinsamkeit mit dem Therapeuten statt. Der Patient wohnt in einer geeigneten Unterkunft, wo er ruhig und zurückgezogen, „in Klausur", mit sich allein ist. Die Unterkunft innerhalb des Therapiezentrums ist vermutlich ideal, dies bedeutet jedoch Investitionen und Unterhaltskosten.
Die Durchführung der Basistherapie braucht Voraussetzungen, die in den persönlichen Anweisungen durch den Therapeuten formuliert werden. Diese enthalten die Abstinenzvorschriften, die Arbeitsbedingungen und Empfehlungen zur Therapie.
Die Therapiearbeit beginnt mit dem Erinnern der Lebensgeschichte, indem diese möglichst vollständig aufgeschrieben wird. Beginnen Sie in der Beschreibung bei der Lebenssituation Ihrer Eltern vor deren Heirat. Eine kleine Ahnentafel (Stammbaum) bis zur Großelterngeneration gibt eine erste Übersicht. Ihre persönlichen Lebensdaten stellen Sie in einer Tabelle mit Stichworten zusammen und ergänzen diese mit Situationsskizzen. Skizzen über die Umgebung und die Wohnung während Ihrer Kindheit sind hilfreich zur Erinnerung. Die auf den Seiten 64ff. gegebenen Beispiele – Ahnentafel, Übersichtstabelle und Wohnskizzen – dienen zur Orientierung.
Wenn die Therapie allein, ohne Hilfe, durchgeführt werden muß, so verhält man sich so, als ob ein Therapeut vorhanden wäre. Der vorliegenden Beschreibung kann in diesem Fall, wenigstens teil-

weise, die Funktion eines „Anwalts“ zugewiesen werden. Versuchen Sie vorübergehend einen imaginären Therapeuten, z.B. den Autor, als Therapeuten zu verinnerlichen; mit der Zeit sind Sie Ihr eigener, jederzeit bereiter Therapeut. Sie können Ihre Selbsthilfe immer wieder anhand der Beschreibung überprüfen. Das Vorgehen in der Therapie ist grundsätzlich dasselbe, mit oder ohne Therapeut.

Anweisungen für die Basistherapie

Diese Anweisungen werden dem Patienten vor Therapiebeginn zugestellt. Sie sollten konsequent befolgt werden. Wenn dagegen verstoßen wird, ist das aber kein Vergehen. Die Anordnungen sind als Hilfe gedacht und können die Therapie fördern, wenn sie eingehalten werden. Abweichungen müssen dem Therapeuten mitgeteilt werden, damit er orientiert ist und optimal helfen kann.

1. Das Rauchen und der Genuß alkoholischer Getränke ist 24 Stunden vor Antritt der Therapie einzustellen. Beenden Sie jetzt die belastende, krank machende Giftzufuhr. Sie brauchen Ihre Energie, um gesund zu werden.
2. Schlafmittel und andere Drogen sind zu Therapiebeginn und bis auf weiteres abzusetzen.
3. Den Tag vor Therapiebeginn, d.h. die letzten 24 Stunden, sollen Sie allein in Klausur verbringen. In dieser Zeit können Sie die Therapieunterlagen durchlesen. Sie dürfen spazierengehen, aber sonst keine Ablenkungen suchen.

Alle sexuellen Entspannungsübungen sind einzustellen. Nicht etwa, weil wir diese als a priori krankhaft einstufen, sondern weil die Enthaltsamkeit der Therapie dient. Darum sollen Sie Abweichungen bitte immer gleich mitteilen. Danke.

Alles, was angeordnet ist, soll helfen, vollständig zu den Gefühlen und Empfindungen zu finden. Machen Sie Tagebuchnotizen, damit Sie diese, falls Sie es als dienlich erachten, dem Therapeuten zum Lesen geben können. Schreiben Sie auf, was geschieht, wie Ihr Befinden ist. Notieren Sie Erinnerungen.

4. In der Therapie versuchen Sie, ohne jede Einschränkung alles zu sagen, was Sie bewegt und beschäftigt. Sie können jede Frage stellen und werden eine ehrliche Antwort erhalten. Bitte sagen Sie, wenn Sie müde sind; im erschöpften Zustand läßt sich keine Therapie durchführen.
5. Es steht Ihnen eine Therapiezeit von drei Stunden pro Tag zu. Sowohl der Therapeut als auch Sie können die Sitzung jederzeit abbrechen, falls dies für die Therapie erforderlich erscheint. Die restliche Tageszeit verbringen Sie mit Ausruhen, dem Verarbeiten der Therapie (die Sie vom Tonband nachhören können). Brechen Sie das Nachhören ab, sobald Sie ermüden. Später, nach einer Erholungspause, setzen Sie mit dem Nachhören dort wieder ein, wo Sie aufgehört hatten. Kontinuierliches Nachhören ist wichtig. Führen Sie Notizen über die Therapie, und ergänzen Sie laufend Ihren Lebensbericht. Sie werden, sobald es Ihnen

möglich ist, die in den Unterlagen empfohlenen Tabellen und Skizzen ausführen. Es sind dies der Stammbaum, die Ereignistabelle und die Wohnskizzen. Ihren Lebensbericht ergänzen Sie durch eine Beschreibung der Lebenssituation Ihrer Eltern vor deren Heirat.

6. Sie ruhen sich soviel wie möglich aus und gehen spazieren. Wenn Sie Sport treiben wollen, sollte das vorher besprochen werden. Überprüfen Sie bitte immer wieder, ob Sie alle für die Therapie dienlichen Angaben gemacht haben. Lesen Sie die Therapieinformationen wiederholt nach. Alle Ihre Mitteilungen werden streng vertraulich behandelt; der Psychotherapeut unterliegt der Schweigepflicht. Ihre Informationen werden vor fremdem Zugriff geschützt.
7. Rufen Sie den Therapeuten jederzeit an, wenn Sie in Not sind. Die Telefonnummern sind auf Ihrem Apparat notiert.
8. Alle Anweisungen müssen in Ihrem Interesse ernsthaft befolgt werden. Zögern Sie nicht nachzufragen, falls etwas unklar ist.

Nachbemerkung zur Aufgabe des Therapeuthen

Therapeut/in zu sein ist eine schwere, anspruchsvolle Aufgabe. Die Konfrontation mit den unglaublichsten, schrecklichsten und abstrusesten menschlichen Verirrungen kann nur stabilen Menschen zugemutet werden. Diese Arbeit scheint mir nur zumutbar, wenn sie als Dienst an der Evolution des Menschen verstanden wird.

Der Therapieraum

Dieser Raum muß zweckmäßigerweise speziell schallisoliert und gepolstert sein, so daß körperlicher Ausdruck keine Unannehmlichkeiten verursacht. Der Raum soll wohltemperiert und in dunklen Farben tapeziert und mit Lichtregler ausgerüstet sein. Tonbandanlage mit steuerbarer Aufnahmeregelung gehört zur Ausrüstung (siehe auch Seite 102).

Die Therapie wird, wenn immer möglich, im ganz abgedunkelten, stillen Raum durchgeführt. Die Wahrnehmungen sind dadurch intensiver und die Erinnerungsbilder deutlicher. Der Patient soll durch die Liegeplatzgröße keiner Bewegungseinschränkung ausgesetzt sein.

„Lebenspläne"

Die unbewußte Erwartung der angstmachenden und schmerzlichen Geschehen – die wir unwissend erlebt haben – bewirkt in uns das, was wir Leiden nennen. Es ist die ängstliche/schmerzliche Erwartung der Vergangenheit und beinhaltet unsere latente unbewußte Reaktionsbereitschaft.

VATERSEITE

FRANZ 99
BAUER

HELENE 03
SCHNEIDERIN
HAUSFRAU

FRANZ
24
MECHANIKER

ERNST
26
MISSIONAR

THOMAS
30
BAUER

DORA
31
LEHRERIN

DANIEL
55
BEAMTER

TH
SOZI

MUTTERSEITE

RUDOLF 95
POSTBEAMTER

URSULA 05
LEHRERIN

HEINZ
19
LEHRER

ISABELLE
20
SEKRETÄRIN

DORA
22
KRANKENSCHWESTER

TS
BEITER

SABINA
59
LEHRERIN

19–	54	55	56	57	58	59	60	61	62	63	64	65	66	67	68
VATER FRANZ 3.1.24 FINDELKIND	STILL, ARBEITSAM, JÄHZORNIG, DURCHSCHAUBAR														
	30	31	32	33	34	35	36	37	38	39	40	41	42	43	44
MUTTER DORA 6.8.22	SCHEINHEILIGE DIE MANN UND KINDER MANIPULIERT														
	32	33	34	35	36	37	38	39	40	41	42	43	44	45	46
BRUDER DANIEL 10.10.55	DAS LIEBLINGSKIND DER MUTTER SEINE KOLLEGEN SIN														
		0	1	2	3	4	5	6	7	8	9	10	11	12	13
THOMAS 9.2.58			STEISSLAGE 14 TAGE KLINIK												
					0	1	2	3	4	5	6	7	8	9	10
SCHWESTER SABINA 17.3.59	VATERS LIEBLING				STRENG GEGEN SICH SELBST										
						0	1	2	3	4	5	6	7	8	9

71	72	73	74	75	76	77	78	79	80	81	82	83	84	85	86	87	88	89
						† 14. 8.												
47	48	49	50	51	52	53												
										SCHULDGEFÜHLE, ARTHROSE								
49	50	51	52	53	54	55	56	57	58	59	60	61	62	63	64	65	66	67
ICHTIGER																		
16	17	18	19	20	21	22	23	24	25	26	27	28	29	30	31	32	33	34
13	14	15	16	17	18	19	20	21	22	23	24	25	26	27	28	29	30	31
12	13	14	15	16	17	18	19	20	21	22	23	24	25	26	27	28	29	30

Diese Tabelle dient der Erinnerung. Auf der obersten Linie sind die Jahreszahlen notiert, darunter in der Reihenfolge die Lebensalter der Eltern und Geschwister.
Sie räumen sich selbst den größten Platz ein für Stichworte zu:

- Ereignisse
- Unfälle
- Schule
- Freunde
- Krankheiten
- Operationen
- Ortswechsel
- Feinde usw.

WOHNSITUATION 1

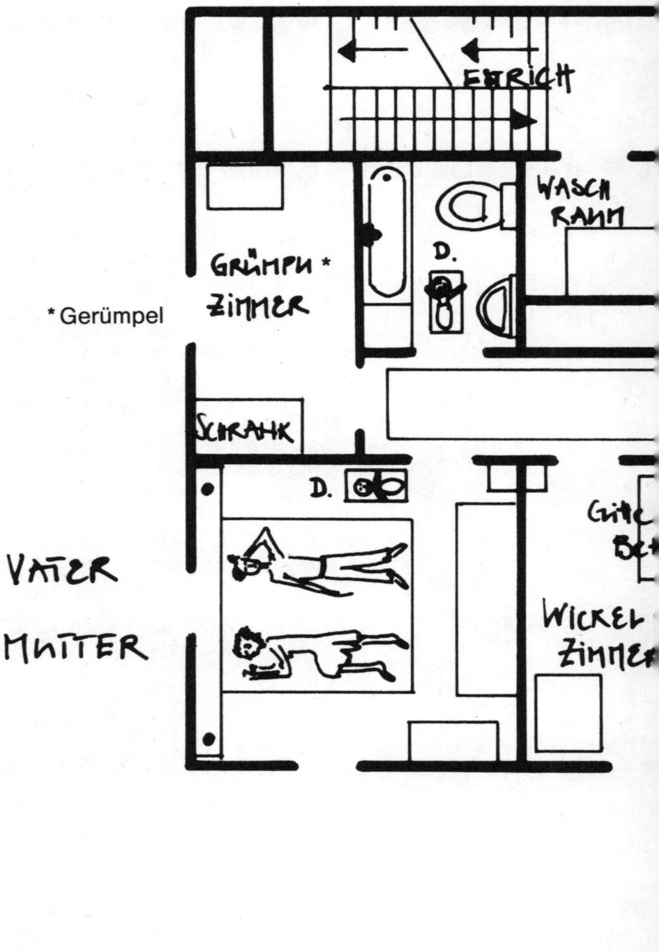

*Gerümpel

Daniel ist zwischen 0 und 2 Jahren alt

Wir versuchen die Wohnsituatuion in der Kindheit bewußt werden zu lassen, indem wir Grundriß-Wohnpläne aufzeichnen.

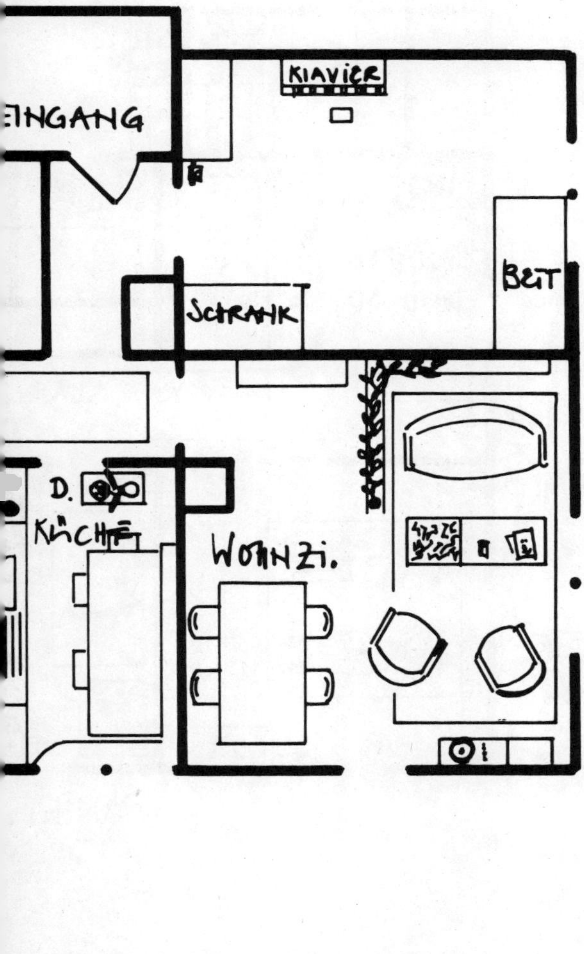

WOHNSITUATION 2

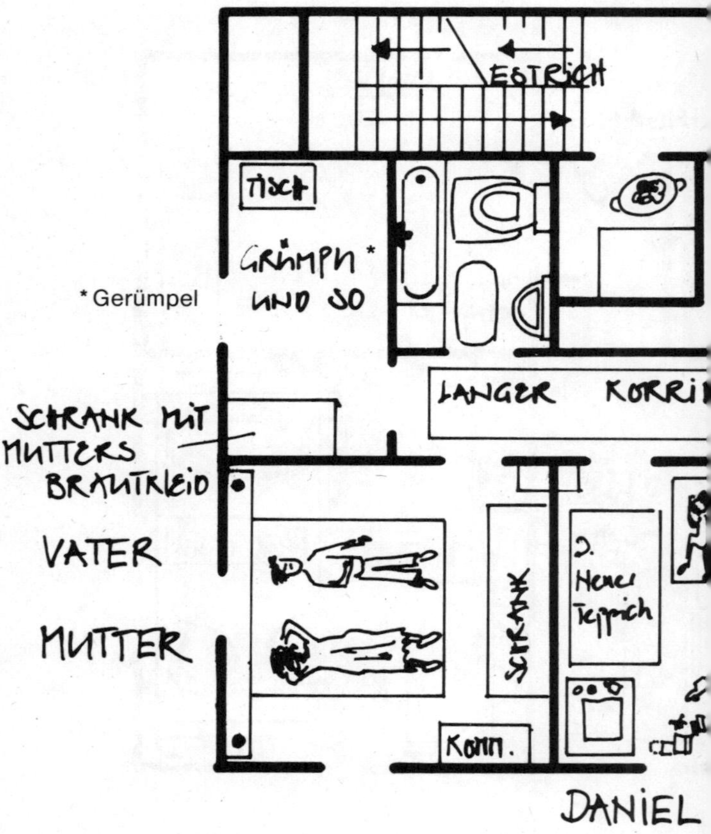

* Gerümpel

Daniel 5, Thomas 2, Sabine 1 Jahr alt

Anfänglich Daniel und Thomas im selben Bett bis zur Geburt von Sabine

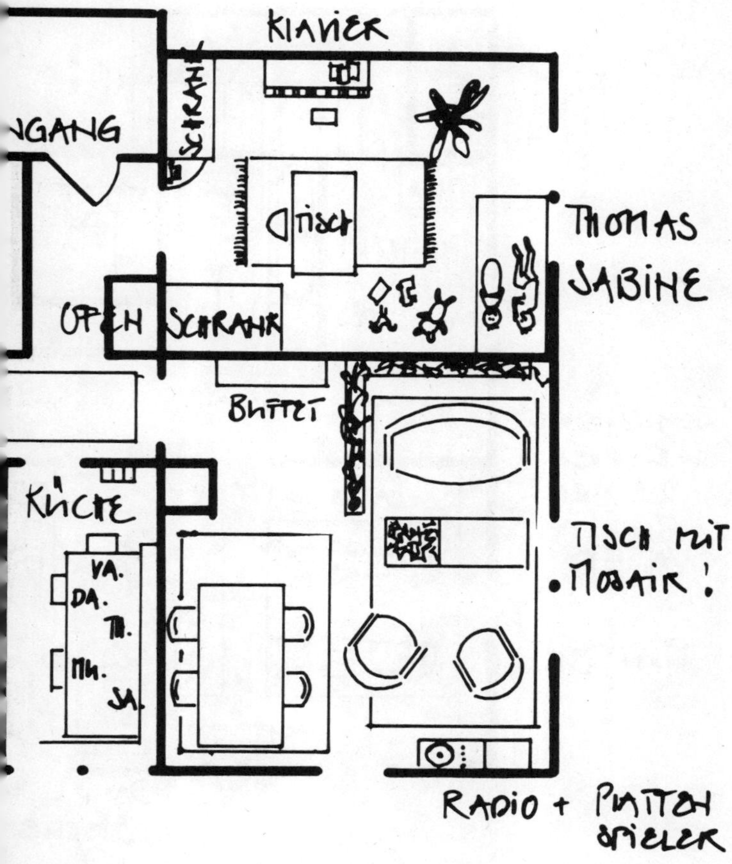

WOHNSITUATION 3

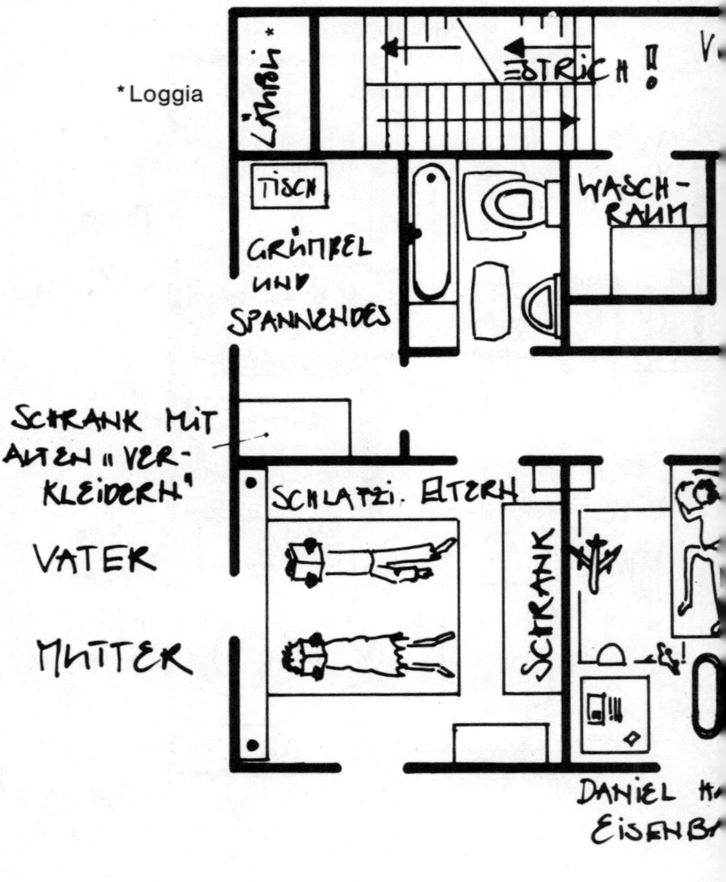

*Loggia

Daniel 14, Thomas 11, Sabine 10jährig

Thomas und Sabine waren bis etwa 5jährig (Thomas) im gleichen Bett

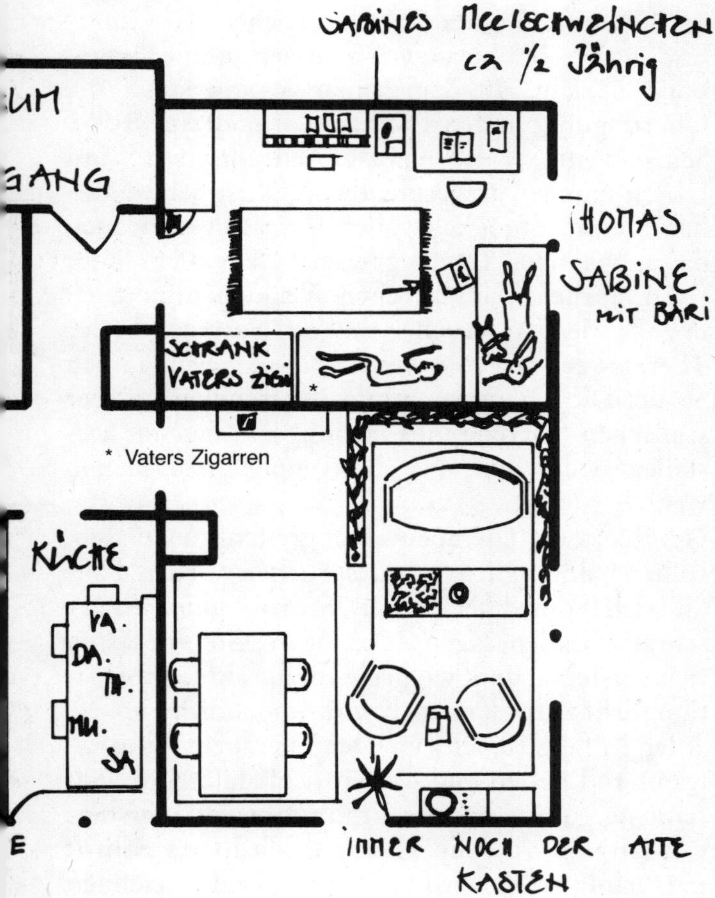

* Vaters Zigarren

Anwalt des Kindes

Sie sollen nun Anwalt des verletzten Kindes werden, Anwalt des Kindes in Ihnen, das Sie, aus Furcht vor unbewußten Gefahren, tagtäglich beeinflußt und nicht frei handeln und bestimmen läßt. Der Therapeut kennt die Gesetzmäßigkeit der Übertragung, die ununterbrochen viele Empfindungen, Gefühle und Meinungen auf die Umgebung bezieht. In der Primärtherapie spielt die Übertragung auf den Therapeuten auch eine Rolle. Selbst wenn wir sie nicht gezielt einsetzen, sind Übertragungen unvermeidlich. Es ist sehr nützlich, wenn Sie möglichst alles, was Sie bewegt, auch dann, wenn es Ihnen gewagt, unziemlich oder frech erscheint, aussprechen. Versuchen Sie auch unzensuriert zu sprechen und offen zu sein. In der Therapie erwartet Sie weder Zurückweisung noch Strafe. Die Therapie ist zum Aufräumen unserer seelischen Not da. Eine Ordnung läßt sich nur herstellen, wenn wir die Unordnung anzuschauen wagen.

Gefühle, den Therapeuten angreifen zu müssen, sollten baldmöglichst ausgesprochen werden. Falls Sie sich vom Therapeuten bedroht oder eingeschränkt fühlen, sagen Sie es sofort; Gefühle lassen sich verstehen und, wenn sie auf die aktuelle Situation nicht zutreffen, auch wirksam zuordnen.

Aller Anfang ist schwer. Der Therapeut kann erleichternd helfen und fördern, sobald er Ihre Geschichte gut kennt und Ihre Problematik verstanden hat. Er wird die Therapie Schritt für Schritt mitverfolgen. Sie wird auf Tonband aufgezeichnet,

damit Sie diese zur Überarbeitung und Vertiefung nachhören können. Tun Sie das, wie empfohlen, fortlaufend, aber nur, wenn Sie sich aufnahmefähig fühlen und zuhören können.
Während der Therapie bleiben die Augen geschlossen. Auch im abgedunkelten Raum sind Lichtschatten noch störend. Übersensibilität oder Ängstlichkeit kann das Schließen der Augen verhindern. Dann ist es unerläßlich, darauf einzugehen und darüber zu sprechen. Die geschlossenen Augen sollen die Konzentrationsfähigkeit verbessern und ermöglichen, die Erinnerungsbilder deutlicher zu „sehen". Die Möglichkeiten, sich zu erinnern, sind unterschiedlich. Einerseits kann es möglich sein, ganze Szenarien, wie z. B. in einem Film, vor sich zu „sehen". Andererseits gibt es viele Menschen, die ihre Eltern oder Pflegepersonen aus Angst- oder Schmerzerwartung nie direkt und deutlich anschauen durften. Viele Patienten sind daher damit beschäftigt, Situationen vorerst durch Beschreibung in Erinnerung zu rufen. Die Erinnerung kann aus einer Teilerinnerung wieder zum „Leben" erweckt werden. Personen und Geschichten aus der Vergangenheit, die wir uns in Erinnerung rufen wollen, können gelegentlich mittels Fotografien aus jener Zeit aktiviert werden. Auf Fotos können die Angehörigen und Bekannten manchmal zum ersten Mal bewußt und kritisch angesehen und erkannt werden.
Für den Fortschritt in der Therapie ist es wesentlich, möglichst bald den Dialog mit den gegenwärtigen und ehemaligen Bezugspersonen aufzunehmen, tatsächlich einen Dialog, den Sie, hörbar

sprechend, mit Personen Ihrer Erinnerung führen. Ein Dialog ergibt sich aus Ihrem Ansprechen und den Antworten Ihres „Gesprächspartners". Diese Antworten beziehen Sie aus den Ihnen erinnerbaren Haltungen, aus der Mimik, den Gebärden, Äußerungen und Erklärungen dieser Bezugsperson, weiter aus vielen Einzelheiten, die Sie früher automatisch aufgenommen und gespeichert haben, ohne damals das „Material" bewußt verarbeiten zu können. Sie werden, sobald es Ihnen möglich ist, in dieser Dialogform Gegenwartsgeschehen klären und mit derselben Methode die in der Kindheitssituation abgelaufenen Interaktionen aufdecken und bearbeiten. Damit können wir tatsächlich *Anwalt des Kindes* werden. Indem wir unseren Erwachsenenstandpunkt in den Dialog einbringen, die ehemaligen Fehlmeinungen und Ansichten der Erwachsenen durch kritische Auseinandersetzungen korrigieren, befreien wir das Kind in uns von unzutreffenden, unbewußten Schuldgefühlen. Ohne daß wir uns in Gefahr bringen, ist es nun möglich, die Konfrontation mit ehemaligen Bezugspersonen zu wagen. Endlich ist es erlaubt, Auseinandersetzungen zum Ende zu führen und lebensschützende Reaktionen zu realisieren, die uns damals nicht möglich waren oder verwehrt blieben. So werden sich viele Meinungen über andere und über uns selbst mit der Zeit in reale Erkenntnisse verwandeln.

Von gegenwärtigen Ereignissen, Befindlichkeiten und Gefühlen ausgehend, dringen wir mittels Therapie in die Vergangenheit vor. Dabei erleben wir unsere körperlichen Empfindungen und Gefühle im Zusammenhang mit den Ereignissen immer bewußter. Anfänglich ist die Abwehr der realen Vergangenheit noch groß – bis die schmerzhaften Ereignisse besser erkannt werden dürfen. Dadurch gelingt es mit der Zeit, die bisher verbotenen Reaktionen zum Ausdruck zu bringen, uns selbst verstehen zu lernen und drückende Schwierigkeiten aufzulösen. Jede so getätigte, in vier Schritten vollzogene therapeutische Interaktion erhellt die Ereignisse und löst damit die in den Beziehungskonflikten verwurzelten Spannungen und Probleme Schritt für Schritt auf. Geschehnisse und Erlebnisse werden zu Erfahrungen, woraus wir eine anwachsende Neuorientierung und Autonomie schöpfen werden.

Als Kind haben wir den Dialog entweder nie lernen können oder nie lernen dürfen, vielleicht sogar verlernen müssen; deshalb müssen wir den Dialog jetzt wieder erlernen und einüben. Mit der Zeit stellt sich dann wieder eine in sich übereinstimmende Aktions- und Reaktionsfreiheit ein. Danach verfügen wir über unsere natürlichen, selbsterhaltenden Anlagen und Funktionen, und alles, was wir unternehmen werden, wird nicht mehr dem Gesetz der Furcht unterstellt sein.

Auf Schmerz und Angst werden wir immer bewußter zu reagieren vermögen. In der Therapie kann die Verbindung auf allen drei Beziehungsebenen (Empfinden, Fühlen, Denken) wiederhergestellt werden, indem in der therapeutischen Interaktion frei werdende Energie gespürt und zum Ausdruck gebracht wird. Dies geschieht ab und zu sogar vehement mit Worten, Schreien oder Schlägen in die Luft und gegen die Polster des Therapieraumes. Dadurch wird die Energie entstaut. Ab und zu muß geschrien und getobt werden, damit der psychosomatische Fluß zustande kommt und sich der Kreis wieder regeln kann. Scheinaktionen oder gestellte bzw. gespielte Übungen nützen dabei überhaupt nichts. *Erst die durch Tatsachen und Gefühle berechtigte, nachvollzogene Reaktion wird anhaltende körperlich-seelische Entspannung zeitigen.*

Das Einüben der vier Therapieschritte, das selbstpflegende Verhalten, *muß für uns hörbar sprechend* geschehen, weil wir selbst damit die Interaktion mit unserem System immer wieder neu überprüfen können. Der geäußerte Inhalt wird so der eigenen Selbstkontrolle zugeführt und modifiziert dadurch unser seelisches Erleben. Dieses selbsttherapeutische Verhalten spielt sich mit der Zeit in Gedankenabläufen ein.

So entstehen neue Bahnungen zwischen unseren Bezugsarealen der Seele oder, wenn Sie wollen, zwischen Körper und Zentralnervensystem. Unsere linke Hirnhälfte, die für das „Folgerichtige" verantwortlich ist und die diesbezügliche Reaktionsschemata „verwaltet", sowie unsere rechte Hirnhälfte, die sich auf das „Ganzheitliche" spezialisiert hat, können mittels Therapie eine harmonischere Übereinstimmung erlangen. Die fortschreitende Klärung bringt eine Entlastung in allen Funktionsbereichen. Wir können objektiver und realitätsgerechter leben, und unsere Organe können unbelasteter funktionieren.

Die vier Schritte

Diese vier Schritte beruhen auf der primär in jedem Menschen vorhandenen, angeborenen Fähigkeit zur Beziehungsnahme mit seiner Umwelt und sich selbst.

Die Reihenfolge der vier Schritte entspricht dem Funktionsaufbau unserer Interaktionsfähigkeit. Aus unseren Sinneswahrnehmungen entstehen Empfindungen und Gefühle. Diese internen Signale „versteht" und interpretiert unser System. Dies geschieht in Bezugnahme auf die gespeicherten stammesgeschichtlichen und individuellen Erfahrungen. Darauf basierend, erfolgen unsere Reaktionen und Interaktionen.

Wahrnehmungen erwecken *Empfindungen* und *Gefühle* in uns, die entsprechende *Wertungen* erfahren. Diese Wertungen leiten zusammen mit den Einflüssen aus unserem *Verstand* unser Steuerungssystem. Daraus erwachsen die Reaktionen sowie die Formulierung der Bedürfnisse, unser Bedürfnis-*Anspruch*.

In der nachfolgenden Tabelle sind die vier Schritte in Teilschritten formuliert, die jedoch nicht den Anspruch erheben, vollständig zu sein; es sind nur Hinweise. Jeder Mensch wird mit seinen Worten den Dialog führen. Unabdingbar ist jedoch, alle vier Schritte in jeder Interaktion durchzuführen.

Man könnte meinen, nach Vollzug des dritten Schrittes sei der Erkenntniszuwachs und damit die Therapie geleistet. Das trifft nicht zu, weil erst der vierte Schritt (für dessen Durchführung die ersten drei Schritte die Voraussetzung bilden) das unbewußte Geschehen aufheben kann. Was nützt es, wenn man sich z. B. mit der Feststellung „meine Eltern waren so und so“ begnügt, jedoch das „so und so“ niemals deutlich und in allen Konsequenzen erkannt werden kann? Die volle Wahrheit darüber, *wie sie als Eltern wirklich waren*, kann nur durch schonungsloses Fragen und Nachforschen im dritten Schritt erkannt werden. Dem muß die umfassende Darstellung dessen, *wie Eltern sein sollten*, im vierten Schritt folgen. Der vierte Schritt der Therapie ist darum unerläßlich.

Der tiefere Grund der Unbewußtheit, der Verdrängung, ist doch der, daß die eigenen Lebensregungen, die Bedürfnisse und Antriebe, die zum Organisieren des eigenen Lebens lebensnotwendig sind, beeinträchtigt, bestraft, gestört wurden. Dies waren lebensbedrohende Eingriffe. In der Folge hält dieser Mensch seine Bedürfnisse mehr oder weniger unbewußt. Er lebt entsprechend unbewußt. Das Zurückhaltenmüssen reaktiver Gefühle gegen die Verursacher seiner Not, die ihn andernfalls weiter bedrohen oder strafen würden, ist ebenfalls Grund für seine Unbewußtheit. Es war dem Kind seinerzeit unmöglich, die Verursacher seiner Not zu erkennen. Es durfte nicht merken, was geschah; das ist auch heute noch schmerzlich, deshalb bleibt Wesentliches aus seiner Geschichte unbewußt.

Primärtherapie in meinem Sinn bedeutet das Aufheben der Unbewußtheit, die durch Verletzung der primären Integrität entstanden ist:

– mit Schritt vier: weil das Bedürfnis verletzt wurde,

– mit Schritt drei: weil dies naturwidrig geschah, unter Mißachtung der Tatsache, daß das Kind noch einen sozialen Uterus brauchte,
– mit Schritt zwei: weil die Verletzung Wut und Zorn und anderes mehr verursachte. Die Verletzung und ihre Folgen halten uns gefangen, weil wir nicht verstehen können, was damals geschah,
– mit Schritt eins: weil in der *Endposition* (siehe Schema Regelkreis) Verwirrung, Not und Unklarheit herrschen, die verhindern, daß sich der Betreffende in einer neuen Situation und Begegnung zurechtfindet und sich lebensgerecht verhält.
Der Erfolg ist erreicht, sobald die Symptome verschwunden sind.
Mit der beschreibenden Darstellung des persönlichen Befindens beginnt der Hauptabschnitt der Therapie.

Tabelle der vier Schritte

① Wahrnehmung (gegenwärtige oder erinnerte)
Im ersten Therapieschritt sage ich mein Befinden:
Was ich verspüre
bemerke
sehe
höre
rieche
Was mich beschäftigt...

② Gefühle
Im zweiten Therapieschritt sage ich meine Empfindungen und Gefühle sowie ihre Bedeutungen und Wirkungen:
Was mir dies ausmacht
in mir bewirkt
verursacht
hinterläßt
bedeutet...

③ Verstehen
Im dritten Therapieschritt stelle ich die Situation, die Szene und die beteiligten Personen in Frage (auch mich). Verlange Erklärung (erkläre mich) und Begründung. Ich frage mit:
Warum tust du das: wozu
was soll das nützen
woher
warum
für was...
Was habe ich falsch gemacht
nicht verstanden
versäumt, verbrochen...

④ Anspruch (das wirkliche Bedürfnis)

Im vierten Therapieschritt formuliere ich meine Ansprüche:

Ich brauche nicht dies
Ich brauche das . . . zum Leben.

Bemerkungen zum dritten Therapieschritt

Jemanden in Frage zu stellen bedeutet, dessen Handeln und Wirken *mir gegenüber* in Frage zu stellen. Die Wirkungen und die Folgen aus dem Verhalten der Bezugsperson müssen beurteilt werden. Meine Fragestellung muß auch die Gründe seiner/ihrer Handlungen und die Art ihres Verhaltens erforschen, dies jedoch immer ich-bezogen. Zum Beispiel: Warum tust du mir das an? Habe ich dir einen Anlaß dafür gegeben?
Abklärungen über lebensgeschichtliche Hintergründe des Verhaltens der Bezugsperson – welche Motive, die mit mir nichts zu tun haben, sie leiten, sich mir gegenüber unangemessen zu verhalten –, sind vielleicht für den Fragesteller zur Beruhigung notwendig. Auf diese Weise kann er die Probleme der Bezugsperson verstehen. Erklärungen für das Fehlverhalten von anderen hilft aber beim Auffinden der eigenen Wahrheit wenig. Die eigene Wahrheit bekommt man entweder geschenkt – indem die primäre Integrität durch die Eltern geschützt wird – oder muß sie mühsam ausgraben.

Beginn einer Veränderung

Im ersten Therapieschritt werden Sie aufgefordert, sich über Ihr Befinden zu äußern, sich auszusprechen, was jetzt ist. Sie werden weiter aufgefordert, die vordringlichste Wahrnehmung, das Sie beschäftigende Problem, hörbar werden zu lassen. Dazu liegen Sie möglichst bequem auf dem Polster im abgedunkelten Raum und versuchen mit geschlossenen Augen, „bei sich zu sein". Überlassen Sie sich Ihrem Gesamtsystem. Von all dem, was in Ihnen gespeichert ist, kommt soviel zur Wahrnehmung, wie Sie ertragen können. Sobald es mehr ist, werden Sie durch Ihre körpereigenen Funktionseinrichtungen betäubt oder ohnmächtig. Neben Ihnen sitzt in voller Aufmerksamkeit der Therapeut, um Sie zu unterstützen. Er kennt bereits die Zusammenfassung Ihrer Geschichte, und er weiß, wie er helfen kann. Vermutlich werden Sie das Aktuelle erzählen, der Therapeut hört zu und wird sich einschalten, sobald eine helfende Intervention nötig ist.

Zum Beispiel: „... Ich habe sehr schlecht geschlafen. Um drei Uhr erwache ich immer wieder, selbst wenn ich kurz zuvor eingeschlafen bin. Dann liege ich ein, zwei Stunden wach, obwohl ich am Abend sehr müde war ..."

Im zweiten Therapieschritt erzählen Sie spontan die Empfindungen und Gefühle, die aus dieser Wahrnehmung entstanden sind. Sie beschreiben deren Wirkung und Bedeutung.

Zum Beispiel: „... Die Glieder schmerzten mich, wie wenn ich durch eine Presse gezogen worden wäre. Ich war wütend und befürchtete, daß ‚das' jetzt wieder losgeht. Dieses Problem hatte ich schon oft. Niemand hat mir bisher helfen können, auch mit Schlafmitteln geht es nicht besser ..."

Im dritten Therapieschritt fragen Sie nach Ursachen der Problematik, stellen die Situation und die beteiligten Personen in Frage, auch sich selbst.
Zum Beispiel: „... Dabei habe ich weder gestern noch vorgestern Sport getrieben oder mich irgendwie überanstrengt. Kaffee habe ich auch keinen getrunken." – An einer solchen Stelle wird der Therapeut möglicherweise darauf hinweisen, daß zurückliegende schwerwiegende Ereignisse zu bestimmten Tages-/Nachtzeiten eine anhaltende Weckfunktion bewirken können. – „... Vor ein paar Jahren bin ich nachts über einen Paß nach Hause gefahren, in einem Schneegestöber. Es war nach der Hochzeit meines Bruders. Im Hotel war zuwenig Platz, so mußte ein Teil der Festgesellschaft anderswo übernachten. Da ich die Straße gut kannte, entschloß ich mich, über den Paß nach Hause zu fahren. Es war schon tiefe Nacht. Es war Juni, trotzdem lag auf der Paßhöhe ein wenig Schnee. Auf der Talfahrt geriet ich in ein Schneegestöber. Weiße Fetzen haben mir die Sicht arg behindert. Da ich noch Passagiere bei mir hatte, war ich besorgt, hatte aber weder den Mut anzuhalten noch zuzugeben, ich hätte Angst. Zudem mußte ich mir Mühe geben, wach zu bleiben. Unter Alarmierung aller Kräfte mußte ich um drei Uhr nachts die Leute, die sich mir anvertraut hatten, wohlbehalten ins Tal bringen. Kann dieses Ereignis die Weckfunktion bewirkt haben?" – „Weil das Abenteuer mit Erfolg abgeschlossen wurde, kann das kaum zutreffen." – „Da fällt mir ein: 3 Uhr in der Nacht, das ist ja meine Geburtszeit, daran habe ich

noch gar nicht gedacht.“ – „Wie verlief Ihre Geburt?“ – „... Das war, wie meine Mutter letzthin, als ich nachfragte, berichtet hat, eine ganz normale Geburt. Nachdem sich Wehen leise bemerkbar gemacht hatten, wurde ich um 3 Uhr früh normal entbunden. Mit einem Taxi war meine Mutter nachmittags um 15 Uhr in die Klinik gefahren. Sie habe Lachgas gekriegt, ich hätte etwas bläulich ausgesehen, aber nach ein paar kräftigen Schlägen auf den Po hätte ich kräftig geschrien. Die Mutter habe mich am Morgen um 7 Uhr bereits das erste Mal im Arm gehalten, aber leider nicht stillen können, weil ich einen heftigen Schluckauf gehabt habe. Nach Medikamentengabe sei ich mit der Zeit ruhiger geworden, und sie habe mich stillen können. Das sei leider nur eine Woche lang möglich gewesen, da sie anschließend an einer Brustentzündung gelitten habe. Daraufhin habe ich Flaschennahrung bekommen und diese gut angenommen.“
Hier benötigt der Patient die Orientierung des Therapeuten über den Geburtsverlauf und dessen Folgen. Eine Traumatisierung ist durch die lange Ausstoßzeit von zwölf Stunden gegeben. Bewiesen ist das Trauma durch den Sauerstoffmangel (bläulich angelaufen). Durch die sofortige Abnabelung wurden Erstickungsempfindungen und mit den Schlägen Angst und Schmerzen verursacht. Das Kind wurde der Mutter vier Stunden nach der Geburt erstmals gebracht. Wegen des Geburtstraumas und infolge der Trennung von der Mutter, dem fehlenden Körperkontakt, der mangelnden taktilen Zusicherung – „du bist nun geborgen, es

wird alles gut" –, bleibt das Kind in einem Schockzustand. Nach einer brutal verlaufenen Geburt benötigt das Kind dringend eine sofortige und andauernde Beruhigung durch die Mutter, damit es zu sich kommen kann, auf die Welt kommen kann. Diese Geburt war eine schreckliche Erfahrung. Empfindungsmäßig hat das Kind dieses Geschehen nur als eine Folterung erleben können. Dementsprechend lautet auch seine Körpererinnerung: „Bewegen" und „wollen" ist lebensgefährlich.

Geburtsgeschehen, die derart traumatisierend ablaufen, *müssen* eine Weckfunktion hinterlassen haben, die den Zweck hat, die Wiederholung einer solchen Lebensbedrohung zu vermeiden. Der Patient wendet sich nun mit seinem Befremden an die Mutter und wird nachfragen müssen, wie das möglich war:

„... Das ist ja grauenhaft, es war mir nicht bewußt, daß meine Geburt derart schlimm war und tagtäglich in meinem Unterbewußtsein mitwirkt. Mutter, wie war denn das, wie hast du das erlebt? War niemand bei dir, der dir beigestanden und gesagt hätte, auf was es ankommt? Warum hast du dich den Geburtshelfern so gefügt, ausgeliefert, unwissend, auf was geachtet werden muß, wann die Nabelschnur durchtrennt werden darf? Weshalb hattest du von allem keine Ahnung? Als Frau muß man sich doch ganz genau über Schwangerschaft und Geburt orientieren. Papa war doch Arzt, er hat dir doch sicher alles erklären können, oder nicht? Wo war er während meiner Geburt? Im Militärdienst war er, hat erst am Tag danach Urlaub

gekommen, warum denn das? Er hätte doch sicher vorher Urlaub gekriegt, wenn er sich darum gekümmert hätte. Vermutlich war ihm die Geburt zuwider, so, wie ich ihm auch fast immer zuwider war. Hat Papa dich allein gelassen, weil er, im Gegensatz zu dir, kein Kind wollte? Das ist ja unglaublich, mein Vater ist Arzt, und ich bin bei meiner Geburt beinahe umgekommen, weil er sich geweigert hat, anwesend zu sein. Ich kann das gar nicht fassen und nicht vertragen ..."
Der Patient spürt vermutlich in diesem Moment erstmals etwas von seinen, diese primäre Situation betreffenden Gefühlen. Was er von seinem Zorn, Schmerz und seiner Empörung zum Ausdruck bringt, ist vom ganzen Geschehen und der inneren Bereitschaft für diese unangenehmen Entdeckungen abhängig. Die Konsequenzen einer traumatisierenden Situation überschwemmen unser Fassungsvermögen geradezu. Dadurch muß ein Teil des Geschehenen wieder verdrängt werden, und was bewußt behalten werden kann, braucht viel Zeit zur Prüfung und Aufarbeitung. Darin begründet sich u. a. das Bedürfnis, solche Entdeckungen mehrmals bearbeiten zu müssen. Dies drängt sich in täglichen Situationen immer wieder auf, sobald irgendwelche Beziehungsschwierigkeiten auftauchen, die uns noch vorhandene Primärbelastungen signalisieren. Keinesfalls können alle zutreffenden, notwendigen Reaktionen augenblicklich erfolgen, nicht nur, weil das alles viel Energie und Zeit erfordert, sondern weil unser System das nicht auf einmal verkraften kann. Zorn, Angst, Schmerz, Empörung, Trauer, Verzweiflung und Resignation

müssen *aufgezeigt und begründet* werden, und dies ausführlich, um eine Entspannung bewirken zu können. Vermeintliche Schuldgefühle müssen ausgeräumt und Beruhigung geschaffen werden.
Ein ineinander verschlungenes, gefühlsbezogenes, erstmals in Worte und Begriffe faßbares Geschehen, einem Gewöll vergleichbar, muß in seine Einzelheiten zerlegt, benannt, sortiert und zugeordnet werden. Der Patient muß jetzt in der Primärszene reagieren können. Mit großem Zeitaufwand muß jetzt nachgeholt werden, was in einem bewußtseinsfähigen Kind spontan abläuft.
Um die Therapie durchzuführen und sie auch weiterhin einsetzen zu können, brauchen wir mit uns und unserer Geschichte viel Geduld und Beharrlichkeit. Die Verdrängung war lebensnotwendig, weil es für das Kind nur so möglich war zu überleben. Die einfache Tatsache, ein ungeliebtes Kind zu sein, ist unerträglich. Um so mehr müssen Mißhandlungen und Mordanschläge aus dem Erinnerungsrepertoire verbannt werden. Bei schweren Verletzungen, Traumatisierungen, würden unsere Organe platzen, wenn sich das menschliche System nicht mit Selbstbetäubung und Verdrängung helfen könnte. Die Traumatisierung wird dem Wachbewußtsein für einen Moment entzogen. Der Mensch verhält sich dann so, als wäre nichts geschehen. Die aus früheren Traumen resultierenden Schockzustände können über Jahre oder Jahrzehnte anhalten. Sie beeinflussen unsere Lebensmöglichkeiten so lange, bis sie bewußt gemacht worden, zum Erlebnis geworden sind.
Im vierten Therapieschritt formulieren Sie, wie-

derum in derselben Situation, die Bedürfnisse und den *berechtigten* Anspruch, der Schaden vermieden und Hilfe zum Leben geboten hätte.
Zum Beispiel: „... Es wäre unerläßlich gewesen, sich vor einer Schwangerschaft miteinander abzusprechen. Es geht nicht an, Mutter, daß du gegen den Willen von Papa ein Kind haben willst. Du hast doch sicher damals schon merken können, wie stur er ist. Du hast für dich ein Kind haben wollen, und dies auf meine Kosten. Papa hat dir nachher, als du krank warst, auch keine Hilfe zugestanden. Meine Bedürfnisse konnten von dir nicht erfüllt werden, als du leidend warst. Ich hätte dich ganz und gesund, freudig und strahlend gebraucht. Dein trauriges Gesicht ist mir noch gut in Erinnerung. Immer wieder habe ich tiefes Mitleid mit dir verspürt und nie gewußt, was ich falsch gemacht hatte und wie ich es besser machen könnte. Dabei hättest du doch für mich voll und ganz da sein müssen, ich kann doch ohne deine Hilfe nicht leben ..."

Damit ist diese Therapie natürlich nicht abgeschlossen; es wird immer weitergehen. Der Therapeut muß darauf achten, daß der Faden nicht abreißt. Der Patient ist „sich immer auf der Spur", nur noch nicht so „spurensicher" wie der Therapeut. Der Therapeut bezieht seine Sicherheit aus seiner Erkenntnis, aus der Primärtheorie, der persönlich erfahrenen Wirksamkeit der Therapie und aus der Erfahrung in Hilfeleistung. Die Lebens- und Leidenserfahrungen der Hilfesuchenden sind daher nicht nur eine Belastung für den

Therapeuten, sie bilden vielmehr einen sehr wesentlichen Teil des Erfahrungshintergrundes der Therapie.
Mit der Durchführung der vier Schritte anhand dieses Beispiels ist bereits ein neues Bewußtsein geschaffen worden. Da aber jede Zelle, jedes Organ, jedes Gefühl und jeder Denkinhalt miteinander in Beziehung stehen, bleibt noch viel zu tun. Wenn die Therapie zum täglichen Verhalten geworden ist, lassen sich mit ihr tiefgreifende Veränderungen schaffen.
Die Therapiemethode soll dem Menschen vor allem ermöglichen, bewußt, d. h. empfindungs-, gefühls- und denkbewußt zu leben.

Zur Beachtung

Bleiben Sie in einem geschützten Raum, für sich alleine, wenn möglich, mit einem Tonband ausgerüstet, wenn Sie „Therapie machen". Veranstalten Sie *niemals „Therapiespiele"* mit Freunden oder Angehörigen. Das vermeintliche Verständnis stößt oft unerwartet schnell an seine Grenzen.
Die direkte, unmittelbare Auseinandersetzung mit Eltern und Angehörigen bezüglich Ihrer Vergangenheit ist fruchtlos, es sei denn, die beteiligten Personen wünschen dies ausdrücklich. Zuvor sollten Sie sich jedoch genau vergewissern, inwieweit diese Auseinandersetzung sinnvoll ist. Dies trifft nur bei Menschen zu, die wissen, was eine Auseinandersetzung beabsichtigt und bedeutet, nämlich persönliche positive Veränderungen. Ihre Therapie

ist Ihre absolute Privatsache. Die Öffentlichkeit ist dafür nicht geeignet.
Vorwürfe an Eltern und Erzieher zu richten ist mit Gefahren verbunden. Tun Sie das nur im geschützten Raum. Ungeprüften Auseinandersetzungen fehlen die konstruktiven Absichten, und sie haben oft böse Folgen. Wenn Sie einen Streit dennoch nicht unterlassen können, dann tun Sie das auf eigene Verantwortung und müssen mit einem Schaden rechnen, der zu vermeiden wäre.

Schriftliche Therapie

Eine schriftliche Therapie eignet sich immer dann, wenn lautes Sprechen wegen räumlicher Bedingungen o. ä. *nicht möglich* ist. Zum Aufbauen der Selbsthilfe ist die schriftliche Therapie ein bewährtes Mittel. Die Situation, die Befindlichkeiten, die Gefühle und Folgerungen, die Fragestellung und der Bedürfnisanspruch können in der schriftlichen Darstellung sehr genau formuliert werden. Schreiben Sie, als ob Sie ein offenes Gespräch führen würden, ohne Zensuren einhalten zu müssen. Im Nachlesen lassen sich die vier Schritte gut kontrollieren und ergänzen. Schreibend oder denkend eine Therapie zu machen, entbindet nicht, jedenfalls nicht zuverlässig, von der Durchführung der fühlend-sprechenden Vervollständigung der therapeutischen Interaktionen.
Ein Beispiel:
Im ersten Schritt beschreibt Ruth die Situation wie folgt: „Gestern fühlte ich mich durch die Anwesenheit eines Kollegen in meinem Raum derart aufgewühlt. Robert hat grau-blaue Augen, schwarze Wimpern und Augenbrauen. Ich weiß nicht genau, was mich in Deiner Gegenwart durcheinanderbringt. Es geschieht eindeutig Deinetwegen. Wenn Du da bist, tritt alles andere in den Hintergrund. Jede meiner Bewegungen tue ich unter Kontrolle, ich fühle mich beobachtet und verwirrt."
Der Übergang zum zweiten Schritt ist fließend: „Ständig fühle ich mich gezwungen, Dir zu gefallen. Es macht mich so unsicher, nicht mehr frei handeln und denken zu können. Ich bin immer

damit beschäftigt zu erfahren, was Du wohl von mir denkst. Mein Bedürfnis: *Du* mußt mich ‚gut finden', mich beachten und gern haben, blockiert alles andere in mir. Ununterbrochen warte ich auf ein Zeichen von Dir, das mir zeigt, wie groß Dein Interesse an mir ist. Je länger ich warten muß, desto unsicherer werde ich. Ich habe keinen klaren Kopf mehr und verstelle mich. Wenn ich Dich jetzt so neben mir sehe, möchte ich mich nur noch an Dich kuscheln, in Deine schönen Augen schauen, ganz dunkel, tief und ruhig, um bei Dir Ruhe zu finden."

Der dritte Schritt beginnt mit den Fragestellungen. Zum Beispiel: „Was hindert mich daran, Dir meine Sympathie zu zeigen? Es ist doch nichts Böses, das Bedürfnis nach Nähe. Weshalb macht mich Deine Gegenwart so unsicher? Ich weiß nicht mehr, wie ich mich verhalten soll, und verliere beinahe den Kopf. Ich denke, das hat mit Deiner Freundin zu tun. Du hast schon jemanden, der zu Dir gehört. Ich habe kein Recht auf Wünsche Dir gegenüber, und doch habe ich sie. Die Angst, mir eine Blöße zu geben und abgewiesen zu werden, kann ich fast nicht ertragen. Du hast es gut, Du hast jemanden, zu dem Du gehörst. Du hast es nicht unbedingt nötig wie ich, gehalten, geachtet und geliebt zu werden. Es wäre für mich sehr schmerzhaft zu sehen, wie Du Dich über mich amüsierst, mich auslachst, weil ich Deine Nähe suche. Immer mehr fühle ich mich Dir gegenüber wie ein kleines Mädchen und verhalte mich auch so. Ich sage so unüberlegte Sachen, wofür ich mich im nachhinein schämen muß. Du schüttelst Deinen Kopf. Was ist denn los mit Dir? Bist Du das, Papa? Vermißt das kleine Mädchen in mir immer noch Dich? Ist das immer noch mein ungestilltes Verlangen nach meinem Vater, bei dem ich mich anschmiegen kann? Das Kind, das sich nach Deiner Nähe, Sicherheit, Geborgenheit und Ruhe sehnt, all das, was Du mir nie gegeben hast? Bin ich so unsicher geworden, weil ich immer das Gefühl bekommen habe, ich dürfe nicht in Deiner Nähe sein, Du mögest das nicht, Du mögest mich nicht? Immer mußte ich mich bemühen, Dir zu gefallen, ohne Erfolg, wie jetzt bei Robi. Immer hatte ich den Eindruck, meine Bemühungen seien Dir lästig. Du hast mein Interesse an Dir nie ermuntert oder gar erwidert. Das ist verunsichernd, wenn Du mir nie bestätigst, Du hättest mich gern, so, wie ich bin."

Schon zeigt sich zwischendurch der vierte Schritt, indem Ruth sagt: „Ich brauche es von *Dir,* zu hören und zu spüren, daß Du mich klug, lebhaft und hübsch findest und daß Du stolz auf Deine lebendige Tochter bist. – Ein Lehrer hat einmal gesagt: Mädchen, mit welchen man lieb umgeht, werden hübsch, Papa. Wie sehr vermisse ich einen Papa zum Liebhaben, dem ich auch nahekommen darf, der mich streichelt, mit dem ich schmusen und blödeln darf. (Jetzt wird mir gerade schlecht, und im Rücken beginnt ein komisches Ziehen.)"

Die Interaktion, Schritt eins bis vier, beginnt von neuem:

„Papa, Du hast mir immer gefehlt, und ich durfte gar nicht merken, wie sehr ich Dich gebraucht hätte. Später habe ich die Kluft zwischen uns gespürt, so eine Verlegenheit von Dir, wenn wir ausnahmsweise miteinander gesprochen haben. Aber ich konnte das nie verstehen. Anläßlich eines Gespräches, einmal in den Bergen, hatte ich das Gefühl, Dir näher zu sein. Du hast Dich aber sofort wieder distanziert, als ob Du scheu wärest. Damals war ich ca. 12 Jahre alt und strotzte nur so vor Begeisterung, Dich kennenlernen zu wollen und zeigen zu dürfen, wie innig wir zusammengehören. Du hast mir das ganze Leben lang nie die Gelegenheit gegeben, Dir wirklich nahe zu sein. Ich konnte nie lernen, ein offenes Gespräch mit Dir zu haben, Dir gegenüber ehrlich sein zu können, Dir meine Gefühle, Ängste und Sorgen zeigen zu dürfen. Wenn mir ein Anlauf gelang, so hat das bei Dir immer eine komische Stimmung bewirkt. Du wurdest unbeholfen, verlegen und hast Dich zurückgezogen, nie durfte ich tiefe Gefühle zeigen. Muß ich krank werden, um Dir zu zeigen, wie ich Dich brauche, wie verzweifelt, ausweglos meine Situation ist? Warum reagierst Du so auf mich? Wenn ich Dich jetzt in vielen Situationen anschaue, so ist es immer dasselbe Bild. Du bist so komisch verlegen, als ob Du Angst hättest vor mir. Dabei habe ich Dich doch gar nicht angegriffen, im Gegenteil. Immer warte ich auf Deine Zuwendung, damit ich Dir meine Zuneigung zeigen kann. Es müssen Deine Gefühlsschwierigkeiten gewesen sein, die Dich hinderten, mir nahe zu sein. Papa, ich tue Dir doch nichts Böses an, ich will Dich nicht sexuell verführen. Hast Du Angst davor? Das könnte es sein, daß Dich *Deine* Sexualität verunsichert und Du Dich daher immer zurückziehst. Damit habe ich aber doch gar nichts zu tun, Papa. Deine

Schwierigkeit verunsichert mich, warum bist Du denn geil auf mich? Ist es das Dich lieben wollende Mädchen, das Dich innerlich ganz fest aufwühlt, das Du Dir zum Selbstschutz vom Leib halten mußt? Das ist fürchterlich. Ich, Deine Tochter, kann das doch nicht verstehen. Bei Dir muß ich mich doch ganz wohl fühlen dürfen. Ich muß erfahren können, daß ich gut, recht und liebenswert bin und dem Mann nicht Angst mache. Von einer gewissen Zeit an habe ich mich am Tisch immer unwohl gefühlt, damals, als meine Brüste größer wurden. Du, Papa, hast mich immer verschämt angeschaut und mir Kleidervorschriften machen wollen, weil man ja ‚alles' sehen könne. Ab und zu hat mir, in der letzten Zeit, jemand gesagt, ich hätte schöne Augen; das habe ich immer als Phrase abgetan. Erst gestern habe ich, nach so einem Spruch, mal in den Spiegel geschaut und meine Augen nicht unschön gefunden. Lorenzo, mein Coiffeur, sagt immer, es sei so etwas Tiefes in meinen Augen; man möchte sich gerne hineinfallen lassen. Erst seit kurzem kann ich in Erwägung ziehen, nicht ganz unansehnlich zu sein. Heute, wo das Sexuelle auch für mich spürbar ist, stört mich mein Gefühl, ich sei nicht begehrenswert und hätte keine Ausstrahlung. Das ist sicher auch eine Folge, Papa, weil ich das von Dir nie gehört oder gefühlt habe, keine Bestätigungen und keine Komplimente bekommen habe. Nie hast Du mir gesagt, ich sei liebenswert. Deine mir vorenthaltene Zustimmung, daß ich recht bin, wie ich bin, behindert mich noch heute. Ich brauche Deine Bestätigung, Papa. Ich will und muß es von *Dir* hören, weil ich Dich liebe, Papa.

Erst dann bin ich sicher und ruhig in meinem Selbstbewußtsein. Dein anerkennendes, freundliches Nicken bei guten Schulnoten reicht nicht aus. Ich muß einmal hören und erleben können: Ich werde geliebt. Mach doch auch einmal Deinen Mund auf, Papa. Sag mir etwas Freundliches, Liebes, damit ich etwas Sicherheit bekomme und nicht mehr verzweifelt bin über mich. Eigentlich müßte ich ja verzweifelt sein über Dich, über Deine spröde Art, wie Du mit mir umgehst. Das kann ich doch gar nicht als Kind. Ich bin überzeugt, an mir stimmt vieles, nahezu alles nicht. Mama mit ihren dauernden Nörgeleien bestätigt meine Unzulänglichkeit, sie kann nicht anders, als mich zu kritisieren. Darum bin ich absolut auf Deine Anerkennung angewiesen, Papa."

Schritt für Schritt, vor und zurück. Wichtig ist es, alle vier Schritte zu tun. So kann es weitergehen: „Warum wart Ihr nicht fähig, mir schon von Anfang an die unerläßliche Sicherheit zu geben? Muß ich denn wirklich ein Leben lang im Selbstzweifel bleiben? Betrübt, nicht wissend, weshalb, den Leuten nachrennen und hundertfache Anstrengungen machen, ‚Theater' spielen, um ihnen zu gefallen? Trotzdem nie annehmen dürfen, wenn mich jemand gut findet, nur weil Ihr, meine Eltern, mir das *nie* gesagt und zu fühlen gegeben habt? Niemand außer Euch ist verpflichtet, mir zu helfen. Ihr müßt mich ermuntern, damit ich an mir und der Welt Gefallen finden kann. Ihr habt mich in diese Welt gesetzt, ich mußte kommen. Ich bin die Fortsetzung Eures Lebens. Das kann ich erst erfüllen, nachdem Ihr für mich dagewesen seid. Hätte ich je von Euch Bestätigung erhalten, so wäre ich nicht unsicher und gleichzeitig so abhängig vom Urteil fremder Menschen geworden. Unter diesen Voraussetzungen ist es nicht nur schwer zu leben, vielmehr setze ich meine Kräfte für überflüssige Anerkennungssuche statt für meine Weiterentwicklung ein. Ihr habt überhaupt keine Ahnung gehabt, was es bedeutet, ein Kind in die Welt zu setzen. Es scheint so, als wärt Ihr dafür gar nicht zuständig. So, wie ich Euch kenne, würdet Ihr etwa sagen, daß es Gottes Wille war, daß es mich gibt. Hinter solchen Ausreden versteckt sich die halbe Welt. Jede Verantwortung kann so auf eine höhere Instanz verschoben werden. Es ist kaum zu glauben, aber für mich nahezu unausweichlich: Ihr habt eigentlich nichts mit mir zu tun haben wollen. Als Magd oder zum Vorzeigen war ich freilich zu gebrauchen. Ihr scheint keine Ahnung zu haben, was ich brauche, weder als Baby noch als Kind, noch als Jugendliche, was ich brauche, damit ich zu einer gesunden, starken Frau heranwachsen kann, die mit beiden Beinen auf der Erde steht, die sich wehren darf, die weiß, was und wer sie ist. Noch heute werde ich von vielen Leuten, sogar von meinem Freund, mehr benutzt als geliebt und geachtet, ohne daß mir das bewußt ist, weil ich es so gewohnt bin. In meiner Naivität verwechsle ich Mißbrauch mit Interesse an mir. Meine Abhängigkeit wird sogar größer und wenn der Mißbrauch ausbleibt, habe ich das Gefühl, *ich* stimme nicht."

„Auch wenn ich das alles jetzt erstmals erkenne, ist es doch unfaßbar für mich; es macht mir auch Angst, wie unausweichlich Eure Macht über mein

Leben ist. Manchmal wundere ich mich, wie es für mich überhaupt möglich ist, mit Männern in Verbindung zu kommen. Das habe ich sicher Dir, Hansli, meinem Brüderchen, zu verdanken. Ja, das ist mein eigentliches ‚Zuhause' – bei Hansli im Bett. Bis ich neun Jahre war, haben wir im selben Zimmer geschlafen. Zu Hansli durfte ich ins Bett, er hat mir den Rücken gekrault, hat mich getröstet. So wie bei ihm war ich nie mehr geborgen und glücklich. Mir kommen die Tränen, wenn ich daran denke. Hansli, so wie bei Dir war ich sonst nirgendwo, ruhig und friedlich. Bei Euch, Papa und Mama, habe ich dieses Gefühl nie erlebt. Darum war ich immer so eifersüchtig auf alle Mädchen, die Dich anstrahlten, Hansli. Als Du gestorben warst, haben alle mit Respekt von Dir gesprochen. Du warst etwas Besseres, Du solltest Priester werden. Leider bist Du als Meßdiener auf dem Gang in die Kirche verunglückt, von einem Auto getötet worden.
In welcher Not warst Du wohl, daß Du nicht auf Dich hast aufpassen können? In meinen Augen bist Du ein Rebell geblieben, der in meinen Träumen mit mir Reisen unternahm. Zu Dir hätte ich jederzeit flüchten und mich aussprechen können, aber Du bist nicht mehr da. Kann es sein, daß die Angst, Dich zu verlieren, immer wieder mitspielt bei meinen Männerbeziehungen? Ja, natürlich, jetzt, wo mir das eingefallen ist, wird mir manches klarer. Du warst drei Jahre älter. Bei jedem Mann fühle ich mich als Schwester. Wenn mir ein Mann gefällt, habe ich melancholische Stimmungen, die ich bis jetzt nicht verstanden habe. Immer noch bin ich innerlich Dein kleines Schwesterchen, Hansli,

das Dich auf der ganzen Welt sucht und nicht findet. Ich mußte von zu Hause weglaufen, um Dich zu suchen, und doch habe ich Dich immer noch nicht finden können. Immer wieder wurde ich enttäuscht, da ich den Halt nicht gefunden habe, den Du mir als Kind gegeben hast."
„Wieviel Demütigungen, Schmerzen und Leid wären mir erspart geblieben, Ihr Idioten, Eltern, hättet Ihr mir vermittelt, was ich unbedingt zum Leben brauche. Ein Selbstwertgefühl, das mich befähigt hätte, gut zu mir zu sein, so gut, wie Hansli zu mir gewesen ist."...

Seelisch schwer verletzte Menschen sind stark auf direkte Hilfe angewiesen. Sie brauchen auch ein umfassendes Verständnis vom Therapeuten. Sie müssen sich bei ihm abstützen können, seine Führung erhalten und auf ihn zählen dürfen. Sie sind nicht unersättlich und grenzenlos in ihren Ansprüchen, aber durch ihre Not auf absolutes Eingehen auf ihre persönliche Problematik und Geschichte angewiesen. Für diese Menschen ist die Gruppentherapie, als Fortsetzung der Basistherapie, eine echte Hilfe. Nicht, weil sich dort Menschen treffen, die zur Betreuung gebraucht werden können – natürlich wird überall Halt gesucht –, sondern weil im selben Raum andere Menschen ihre Therapie durchführen, ihre Nöte darstellen und sich für sich einsetzen. So ist der Leidende als Leidender nicht mehr „mutterseelenallein" auf dieser Welt. Hoffnungslose finden neuen Mut und reale Hoffnung in der Erfahrung, wie sogar seelisch Schwerverletzte sich selbständig helfen können.

Die Gruppentherapie

Die Bezeichnung folgt aus der Tatsache, daß eine Anzahl Patienten in demselben Raum sind und eine Gruppe bilden. In der Primärgruppe finden während der Therapiezeit sehr selten persönliche Kontakte oder Auseinandersetzungen zwischen den Teilnehmern statt. Jeder Patient braucht einen geschützten „Raum“, in welchem er sich zu seinen Gefühlen und Befindlichkeiten ohne Einschränkungen äußern kann. In der bei uns üblichen Gruppe, die aus drei bis fünf Patienten besteht, ist es auch für „Neue“ bald möglich, sich in diesem Rahmen zurechtzufinden. Natürlich dauert es einige Zeit, bis jeder Teilnehmer sich unzensiert äußert. Immer wieder führt das zu starken Anregungen. Die Betroffenheit der anderen wird manchmal geradezu als Angriff erlebt. Da muß sich jeder bewußt sein, daß er hier in der Therapie ist und daß die Anregungen gewissermaßen ein Angebot der Gruppe für seine persönlichen Auseinandersetzungen sind. Auch in der Gruppe soll jeder, ganz wörtlich verstanden, genügend Raum für sich vorfinden. Ein Platz von zirka 160 mal 220 Zentimetern steht bei uns jedem einzelnen zur Verfügung, dies ist sozusagen der Privatgrund des Teilnehmers. Die Wände sind 20 Zentimeter dick gepolstert, der Raum ist auf 26 °C erwärmt, dunkelhimbeer bezogen, so daß alle immer gleich „wie im Mutterbauch liegen“. Während der Gruppensitzungen von fünf Stunden ist der Raum abgedunkelt. Jeder Teilnehmer findet auf seinem Platz eine Taschenlampe, mit der er sich bei Bedarf im Raum orientieren kann. Toilettenanlage, Kühlschrank etc. gehören selbstverständlich zur Einrichtung.

In der Gruppe wird der Primärprozeß weitergeführt. Die Therapie wird, wie sie in der Basiszeit eingeübt worden ist, im Zusammensein mit anderen Personen fortgesetzt. Anregungen, die durch Gruppenmitglieder oder durch den Therapeuten erfolgen, sollten mit der notwendigen Toleranz aufgenommen werden, damit sie von Nutzen sind. Es gilt also mit therapeutischer Hilfe selbständig Therapie zu machen.

① Das Befinden zum Ausdruck bringen,
② dessen Auswirkungen beschreiben,
③ Folgen und Personen in Frage stellen, um
④ die eigentlichen Bedürfnisse zu benennen.

Laute Äußerungen können natürlich in der Gruppe auch störend wirken. Der Therapeut wird für länger dauernde „Schreibedürfnisse“ einen separaten Raum anbieten oder den Teilnehmer bitten, sich einen solchen zu suchen. Besonders wenn diese Aktivität mit handfestem Energieablassen verbunden ist, muß ein separater Raum aufgesucht werden, damit die anderen Teilnehmer nicht gestört werden. Selbstverständlich ist jedes Gruppenmitglied für sein Handeln selbst verantwortlich und haftbar. Alle müssen die vorhandenen Gegebenheiten zuerst überprüfen, um sich darauf einzustellen. Ein kräftiger Wutausdruck eines anderen kann jedoch sehr wohl eine Hilfe sein. Die Therapie findet auch hier wieder möglichst mit geschlossenen Augen statt. Der Therapeut hilft jedem einzelnen im Rahmen der Vereinbarung und

in dem Maße, wie es die jeweilige Situation erforderlich macht.
Jeder Teilnehmer hat die Möglichkeit, Therapieberichte einzureichen. Diese werden vom Therapeuten verarbeitet. Zudem kann jeder Teilnehmer in Notfällen telefonisch Kontakt aufnehmen oder den Therapeuten um kurze Auskünfte bitten.
In einer schriftlichen Erklärung verpflichtet sich jedes Gruppenmitglied zur Schweigepflicht, zu Respekt und Achtung vor jedem anderen. Bei Zuwiderhandlungen wird mit Ausschluß aus der Therapie gedroht. Rechtliche Schritte bleiben vorbehalten.

In der Gruppe

In der Gruppe wird nicht nur gesprochen, geklagt, geweint, getobt, seltener gelacht, hier wird viel erlittenes Leid registriert; das eigene Leiden erkannt und der Bearbeitung zugänglich gemacht.
Gleichzeitig kann jeder merken, wie unverwechselbar persönlich seine eigene Geschichte verlaufen ist.
Auch psychotische Menschen, das sind Personen, die sehr tief verletzt worden sind, finden in der Gruppe Hilfe. Während einer Primärszene sollten sie sich, wie alle anderen auch, gesichert fühlen können. Dazu brauchen sie meistens Körperkontakt. Eine Hand oder ein Arm bildet sozusagen die sichernde Brücke vor dem Absturz ins Ungewisse. Der Einstieg in eine geradezu vernichtende Primärszene, wie sie einer Psychoseentwicklung zugrunde liegt, kann ohne körperliche Sicherung

kaum riskiert werden. Die Hilfeleistung durch den Therapeuten und die Gruppe wird so zum Garanten für den Schutz in der aktuellen Situation. Am Therapeuten, am Raum und an der Gruppe orientiert sich, wer sich auf „eine Reise in den angstmachenden Vergangenheits-Dschungel" begibt, um mit Erinnerungen zurückzukehren. Es sind Erinnerungsbruchstücke, die ihm helfen, sein Lebens-Leidens-Mosaik zu vervollständigen.

Beispiel: Eine Frau möchte gegen ihre laute Umgebung protestieren. Da verspürt sie plötzlich Würgeempfindungen am Hals und sieht gleichzeitig das wutverzerrte Gesicht ihrer Mutter vor sich. Daraufhin fällt die Frau in Ohnmacht, erwacht bald wieder, um das soeben Erlebte zu berichten. Dann äußert sie ihre Gedanken und Gefühle gegenüber der mißhandelnden Mutter und wehrt sich für das mißhandelte Kind. Eine derart schwer verletzte Frau braucht meist längere Zeit, bis sie die irre Tat ihrer Mutter wahrhaben darf und darauf reagieren kann. Alle als Kleinkinder schwer Verletzten tragen latente, psychotische Reaktionen mit sich. Das sind eigentlich Notwehrmaßnahmen, um der in der Vergangenheit geschehenen Mißhandlung auszuweichen. Wenn das Kind die Tat bewußt hätte erleben müssen, wäre es irrsinnig geworden oder gestorben.

Psychosen sind verallgemeinerte, symbolisierte Interpretations- und zugleich Abwehrversuche einer mörderischen Vergangenheit.

Ein Patient, der seine Vergewaltigungen in der Gruppe nacherlebt, wird weniger als in der Einzeltherapie auf die Idee kommen, er sei soeben, hier

und jetzt, vergewaltigt worden, da mehrere Zeugen zugegen sind. Zudem finden sich immer Mitleidende, die ihm bei seiner Integrationsarbeit behilflich sein können. Vergewaltigungen jeder Art, speziell sexuelle Vergewaltigungen, benötigen eine ausreichende und eingehende Bearbeitung, um die immer wieder aufkommenden Schuldgefühle restlos aufzulösen.
Aufmerksame Menschen können in der Gruppe Offenbarungen erleben. Die Gesetzmäßigkeiten, auf welchen die latenten, unbewußten Reaktionen beruhen, sind sehr einfach, in den Auswirkungen jedoch sehr komplex und schwer zu durchschauen. So kann es geschehen, daß ein Zusammenhang, der scheinbar undurchsichtig war, durch die Äußerungen eines Patienten plötzlich ersichtlich wird. Da beklagte sich z. B. eine Frau darüber, wie sie auf sexuelles Verlangen reagiert: Sie wird regelmäßig benommen und fällt in einen Dämmerzustand, aus welchem sie erst nach einer kurzen Ruhezeit wieder aufzuwachen vermag. Anhand der Darstellung des Vorganges erarbeitet sie mit Hilfe des Therapeuten folgenden Sachverhalt: Heute ist die Patientin fähig, einen Partner anzusehen und sich dabei auf ein intimes Erlebnis zu freuen. Aber sobald sie Erregung empfindet, wird ihr geradezu schwindlig, sie muß alle Tätigkeiten unterbrechen und sich für einen Moment ausruhen, bis sie wieder „voll dasein“ kann. Im Zuge der Darstellung der Abläufe wird klar, wie sich die Empfindungen und Gefühle entwickeln und was sich daraus ergibt. Zuerst findet die Frau einen Wunschpartner heraus, freut sich auf ein Erlebnis

mit ihm und wird dann durch einen Dämmerzustand blockiert, sobald sie Erregung verspürt. Früher wurde sie sogar ab und zu ohnmächtig. In letzter Zeit passiert das nicht mehr. Trotzdem irritiert und behindert sie dieser Vorgang. Die Frau weiß um ihre schwere Geburt, um den Geburtsvorgang im einzelnen und kann sich deshalb erklären, was in ihr geschieht. Als erstes hat sie eine Erinnerung, noch im Mutterleib, an Freude, vermutlich eine Vorfreude auf die Befreiung aus der Enge. Diese Freude enthält eine gewisse Lust, vermutlich Bewegungslust, die in Erregung mündet. Leider war die Fortsetzung des Ereignisses keineswegs erfreulich. Das kleine Mädchen wurde unter „klinischen Verhältnissen" zur Welt gebracht, d. h. vorzeitig abgenabelt, geschlagen und mit Kneifen in ihr Geschlechtsteil „belebt". Die Mutter konnte sich nicht durchsetzen. Der diensthabende Arzt hat die Bitte der Mutter, die Nabelschnur erst nach vollständigem Nachlassen der sichtbaren Blutzufuhr, des Pulsierens, zu durchtrennen, höhnisch mißachtet. Auch das Rooming-in wurde verweigert. Das schwerverängstigte Kind konnte nicht genügend beruhigt und getröstet werden.
Die Erwachsene – das ehemalige Kind – hat nun herausgefunden, daß ihre Ohnmacht als Reaktion auf die wahrgenommene Erregung hin geschah. Sie konnte die Ohnmacht als automatisch wirkende Betäubungsfunktion verstehen, die einsetzt, sobald die Erregung eine gewisse Intensität erreicht, die im System eine Schmerzerwartung anmahnt. Damit hat die Frau eine der wichtigsten latenten Reaktionen entdeckt: die Ohnmacht, als eine im-

mer noch wirksame Schutzfunktion, um die der Freude und Lust vor der Geburt folgende Folterqual „zu überleben", die im späteren Leben angstvoll erwartet wird. Die „rettende Ohnmacht" hatte sich im Zusammenhang mit dem Entstehen von Lust- und Erregungsempfindungen als jederzeit wirksame „Überlebensreaktion" ungewollt verselbständigt.

Ein Zuhörer aus der Gruppe hat dasselbe Phänomen bei sich beklagt, allerdings in einer anderen Situation. Jedesmal, wenn er sich von einer wissenschaftlichen Arbeit, die er an sich gerne und mit Lust hätte lesen mögen, beeindruckt fühlte, wurde er matt und konnte nach ein, zwei Sätzen nicht mehr weiterlesen, weil es ihm leicht schwindlig wurde, wie vor einer Ohnmacht. Er mußte die Arbeit weglegen und sich auf später vertrösten. Beide Patienten haben daraufhin das Geschehen während einiger Zeit therapeutisch bearbeitet und wurden symptomfrei.

So gibt es in der Gruppe viele kleine und größere Hilfeleistungen zur eigenen Therapie. Manchmal sind es sehr einfache. Zum Beispiel: Jemand stellt fest, daß er unter dem eigenartigen Zwang steht, eigentlich nahezu jeden anderen anfeinden zu müssen. Etwas später begreift er, daß er das tun muß, um eine Annäherung, die er sich eigentlich wünscht, zu verhindern, weil er sich davor zu sehr fürchtet. Zuhörer in der Gruppe können durch solche Offenbarungen anderer die Hintergründe ihrer eigenen Probleme besser erkennen.

Ein Patient schreibt

Sie haben mich aufgefordert zu berichten, was die Therapie ist, in die ich vor kurzem aufgenommen worden bin.

Die Primärtherapie Stettbachers geht davon aus, daß in erster Linie Entbehrungen und Überlastungen aus der frühesten Lebenszeit und der Kindheit psychische und somatische Leiden verursachen. In der totalen Kind-Eltern-Abhängigkeit begründet sich der Umstand, daß das Kind nicht sehen und erkennen kann (und darf), was ihm zugemutet wird. Es kann auch nicht auf Mißhandlung und Mißachtung reagieren, wie es angemessen wäre. Leider wird es auch noch meinen, seine eigene Not verschuldet zu haben.

Die Therapie hilft, die Entbehrungen und Überlastungen zu merken, indem ich meine Not formuliere und deren Verursacher fragen darf, warum mir all das zugemutet und vorenthalten worden ist. Ich darf meine Ängste und Schmerzen, Zorn und Empörung aussprechen, Mißhandlungen feststellen und hinterfragen. Das konnte ich als Kind, aus Angst vor den Eltern, nie tun und hatte es vergessen. Später konnte ich nicht mehr fragen, um zu verstehen, weshalb ich so bin, wie ich bin.

Die Ablehnung und Ignorierung durch meine Eltern setzten sich in mir dermaßen fest, daß ich nichts mehr verstand und von unerträglichen Gefühlen täglich gequält wurde. Dem Gefühl nach war ich immer allen im Weg, überflüssig, unbrauchbar, ungenügend und vor allem schlecht und schuldig. Die Anstrengungen, um diese Gefühle zu überspielen oder um diesen auszuweichen, waren erschöpfend. Zeitweise verspürte ich den Zwang, mich umzubringen, mich endlich „abzutreiben". Das zu tun, was meine Eltern nicht gewagt hatten, obgleich sie es im Innersten so gewollt hätten.

Durch die dauernden Gefühle des „Überflüssigseins" und „Schuldigseins" wurde mir jede Existenzberechtigung genommen. Ich mußte mich täglich anstrengen, um mir zu beweisen, daß ich für „etwas" da sei. Immer wieder habe ich dieselbe Erfahrung machen müssen, nicht gut genug zu sein, um wirklich geliebt werden zu können. Jeder Dienst, jedes Flehen, Erbitten, jeder Einsatz, jede Anstrengung war ungenügend, um die Gefühle des Wertseins und Geliebtseins zu erlangen.

In der Therapie kann ich allmählich die Auswirkungen elterlicher Macht in meiner Kindheit und Jugend erkennen. Ich merke, daß nur ich mir jetzt noch helfen kann. Ich muß lückenlos die lebensfeindlichen Umstände meiner Kindheit erkennen und fühlen. Es bleibt mir nicht erspart, zu fühlen, wie weh das getan hat und immer noch tut, wenn jemand oder etwas mich daran erinnert.

Durch diese Therapie komme ich mit der Zeit vom Zwang los, andere Menschen gefühlsmäßig mit meinen Eltern zu verwechseln. Ich mußte stets in anderen Menschen meine Eltern suchen, weil sie mir gefehlt hatten. Ich mußte den Schmerz über das Geschehen verdrängen, um ihn nicht erfühlen zu müssen.

Der Therapeut lehrt mich, wie ich „Anwalt des Kindes“ werde, und unterstützt mich weiterhin dabei. Ich kann immer besser die Gefühle äußern, meinen Protest, wenn nötig, herausschreien, meine Trauer in Tränen auflösen und meinen Zorn in Worte fassen. Heute gelingt es mir immer besser, die Verbindungen von meinen Nöten und Schwierigkeiten zu den Verursachungen herzustellen.
Schritt für Schritt komme ich von meinen negativen Erwartungen und Zwängen los und werde mich, wie ich jetzt unmißverständlich fühle, vollständig aus den irrealen Auflagen befreien.
Erste Beweise für erfreuliche Veränderungen in meinem Leben sind schon da. Seit kurzem kann ich die Menschen ansehen und ohne Angst mit ihnen sprechen. Ich habe keine Mühe mehr, mich von Zigaretten und Alkohol freizuhalten, ich kann wieder lachen.

Der Therapeut schreibt

Lieber Primärpatient,
zur Therapie will ich noch ein paar Gedanken aufschreiben, die vielleicht helfen können, das Ziel zu erreichen.
Unser Therapieziel läßt sich in einem Satz sehr vereinfacht zusammenfassen: Wir wollen werden, wie wir sind, um zu leben, wie es uns gefällt.
Das ist nun einfacher gesagt als getan. Werden, wie wir sind? Wir sind doch, wie wir sind. Ja gewiß, nur können wir vieles von uns nicht mehr wissen und fühlen. Das zornige, grimmige, verzweifelte und leidende Kind in uns, das auf Gedeih und Verderb Älteren ausgeliefert war, haben wir längst „vergessen". All das, was uns aus der Vergangenheit bedrängt und schmerzt, ist uns zuwider, wir mögen es nicht und richten alle Widerstände dagegen. Wir haben genug mit der Gegenwart zu tun und müssen uns im Alltag einrichten. Notgedrungen unterschätzen wir die Macht des Vergangenen und kämpfen uns durch.
Jetzt haben Sie sich dazu entschlossen, die Vergangenheit Schritt für Schritt aufzudecken. Sie wollen und werden erfahren, welche Ereignisse und Personen Ihr körperlich-seelisches Leiden verursacht haben. Es kann Ihnen gelingen, „das" alles loszuwerden. Dabei wird eine weitverbreitete Meinung zum Hindernis, die lautet: „Meine Eltern, die Elterngeneration, waren lieb, gutmeinend und rechtschaffen. Mein Leiden kann durch sie nicht verursacht worden sein." Diese Meinung mag teilweise stimmen. Das ändert nichts an der

Tatsache des Leidens und der Lebenseinschränkung.
Nach meiner Auffassung ist vollumfängliche Lebensfähigkeit erst erreichbar, wenn der primär integre Mensch so behandelt wird, daß sein Wissen über das, was er braucht, nicht gestört wird. Mit intaktem Empfindungs- und Gefühlsvermögen wird er immer wissen, was der Mensch braucht, um gesund zu sein und gesund zu bleiben.
Das heißt: Die Generation der Älteren hat im allgemeinen noch nicht begriffen, was der Mensch zum Gesundsein benötigt. Die Eltern wußten nicht, was das Kind braucht. Seine Bedürfnisse konnten nicht genügend erfüllt werden. Dieser Mangel hat Ihr Leiden verursacht.
Sie wollen nun darangehen, Ihre Verletzungen und Hilflosigkeiten als Kind aufzuspüren und aufzulösen. Bedenken Sie, daß dies ein großes Unternehmen ist, welches viel Zeit beanspruchen wird. Sie müssen danach trachten, die Schmerzen nicht mehr zu unterdrücken, sondern die Schmerzursachen anzugehen und aufzulösen. Es geht nicht darum, Schmerzen und Ängste zu erdulden und auszuhalten. Sie werden in der Therapie lernen, wie Sie sich bei Ängsten und Schmerzen verhalten müssen, damit sich diese mit der Zeit auflösen können.
Welche Veränderungen haben Sie zu erwarten?
Ihre natürlichen Bedürfnisse werden wieder spürbar werden. Sie werden diese zu befriedigen versuchen und nicht mehr Ersatzbedürfnissen nachgehen müssen. Unangemessene Abwehrhaltungen fallen weg, Sie werden nicht mehr als Sklave irgend-

welcher Phantome leiden müssen. Sie werden Ihr Leben so einrichten, wie es Ihren Möglichkeiten entspricht und Ihrem Wohlbefinden dienlich ist. Zum Erfolg wünsche ich Ihnen viel Glück und Ausdauer, auch Zeit zum Verschnaufen. Der Heilungsprozeß braucht, wie jede natürliche Entwicklung, seine Zeit.

J. Konrad Stettbacher

WIE DU GEBOREN WURDEST ...

Wie du geboren wurdest, so wirst du leben. Wenn du wirklich gewollt wurdest von Mutter und Vater, dann wirst du wollen dürfen. Wenn du wirklich geliebt wurdest von Mutter und Vater, dann wirst du lieben können. Du wirst leben wollen und dich daran freuen. Wenn du wirklich geachtet wurdest von Mutter und Vater, dann wirst du das Leben achten.

Es wird niemandem Nutzen bringen, „das Drama der unbegabten Mutter“ zu beklagen oder auszurufen: „Ich habe es satt, ein pathogener Faktor zu sein. Wir Mütter schlagen zurück. Wir weigern uns, vollkommener als die übrige Menschheit zu sein. Wir sind keine Kläranlage zwischen der schmutzigen, bösen Welt und der reinen, guten Familie. Wir weigern uns, weiterhin die Vorwürfe der Frauenbewegung anzuhören und die widersprüchlichen Expertenratschläge zu befolgen, die nur eines im Sinn haben, den Müttern ein schlechtes Gewissen anzuhängen.“

Ebenso unsinnig und gefährlich ist die Behauptung: „Die Mütter tragen die Schuld an Asthma, Drogensucht und Impotenz.“ Selbst wenn das so ist, solche Schuldzuweisungen sind nutzlos, solange die Einsicht fehlt. Allein die Mütter als Verantwortliche zu nennen wäre eine Wiederbelebung des Eva-Mythos. Niemand, kein Mensch geht wis-

send eine solche Schuld ein. Solche Schulden kann man nicht abverdienen und zurückzahlen. Solche Schulden werden uns auslöschen, wenn wir es nicht zu vermeiden lernen, uns zu verschulden. Der Gläubiger wird solche Schulden auch nicht eintreiben können. Aber der Schuldner hat eine Möglichkeit, diese Schuld loszuwerden, indem er sich schuldig bekennt, seine Unwissenheit bekundet und sich bei dem Betroffenen reuig zeigt.
Viele Eltern verleugnen bewußt oder unbewußt ihr schuldhaftes Verhalten gegenüber den Kindern und dies zum Schaden aller Beteiligten, auch zum Schaden der Gesellschaft. Nahezu jedes Kind wäre spontan bereit, seinen Eltern sogar grobe Fehler zu verzeihen, wenn sich diese zu einer Versöhnung bereit finden würden. Leider beharren viele Eltern auf ihrer Unfehlbarkeit und weisen jede Beteiligung am Unglück oder der Krankheit ihrer Kinder zurück. Immer wieder blockiert, behindert oder verunmöglicht diese Haltung die Therapie und damit die rasche, wünschbare Genesung. Genau besehen ist die Leugnung schuldhaften Verhaltens der Eltern und damit die Täuschung der Kinder über die wahren Hintergründe ihres Verhaltens oft der Grund des Leidens. Durch ihre Verweigerungshaltung erzeugen die Eltern Verwirrung und Schuldgefühle beim Kind. Die scheinheilige Zusicherung der Eltern, es sei ein erwünschtes Kind gewesen, ist an und für sich eine schwere Belastung, die das Kind in seiner vermeintlichen Schuld gefangenhält. Jeder Vater und jede Mutter, die einem Kind Schaden zugefügt oder sich schuldig gemacht haben, können dem Kind keinen größeren Dienst

erweisen, als sich um Einsicht in die Fehler zu bemühen, um damit das Kind von verwirrenden Zweifeln zu befreien.
Ungerechtfertigte Schuldbekenntnisse haben jedoch für niemanden einen Sinn. Brutale „Geständnisse“ dem Kind gegenüber, es sei aus Versehen gezeugt worden, es sei ein „Unfall“ geschehen oder dergleichen, passen zur brutalen Grundhaltung des betreffenden Elternteiles. Eltern dürfen nicht ungerecht und gereizt sein, auch wenn sie meinen, dem Kind gegenüber einen Anlaß dafür zu haben. Wenn sie es trotzdem sind, so geschieht dies aufgrund *ihrer* äußeren oder inneren Bedingungen, die das Kind nicht verursacht hat. Fehlbare Eltern haben die Pflicht, sich beim Kind zu entschuldigen.
„Ich kann nicht leben, wenn ihr mich nicht wollt und nicht lieben könnt.“ Das ist die unausweichliche Konsequenz für jedes Kind, das unwillentlich gezeugt und daher nicht geliebt wurde. Zum Glück findet ab und zu ein Kind einen Menschen außerhalb der engsten Familie, von dem es geliebt wird. Es kommt nicht häufig vor – das zeigen der Zustand und die Not der Menschen nur zu deutlich. Es gibt keine Gründe, es sei denn egoistische, ausbeuterische und menschenverachtende, bewußt Menschen in die Welt zu setzen, ohne sie zu lieben. Unbewußt geschieht dies aber Tag für Tag, tausendfach, ein täglicher Zuwachs an zerstörerischem Potential. Ein täglicher Zuwachs an Gehilfen des Untergangs, die blind und verantwortungslos in die Welt gesetzt werden, um sich selbst oder die Umwelt zu zerstören. Der Mensch, in der

Vorzeit ein scheues Tier, hat die Macht auf der Welt ergriffen, deshalb ist er *das* verantwortliche Lebewesen auf diesem Planeten. Jeder einzelne muß sich alsbald seiner Verantwortung bewußt werden, wenn der Zerstörung des Lebens, noch vor dem Schwinden der Ressourcen, Einhalt geboten werden soll.

Darum beginnt die Verantwortung für das Ganze beim einzelnen. Und dieser kann sie nur wahrnehmen, wenn er sich seiner selbst und seiner Umwelt bewußt ist. Die Eltern haben es in der Hand. Sie können sich in Frage stellen. Das Kind kann das erst mit der Zeit und dies auch nur, wenn seine Integrität bewahrt wurde. Menschen, die nicht bewußt werden durften und dadurch ihre eigenen Kinder belastet oder geschädigt haben, tun sich schwer mit ihrer Schuld. Ohne Hilfe von außen werden sie alles unternehmen, um nicht merken zu müssen, was für traurige Konsequenzen ihr Verhalten bewirkt hat.

In einer Kultur, die Verantwortung in letzter Instanz auf „Höhere" abschiebt, ist die Verleugnung von Schuld die Regel.

Mit Schuld behaftet zu sein ist nicht unbedingt die Folge von verbrecherischen Untaten. Schuld ist vor allem das Schuldiggebliebensein, das Nichtvermittelt-, das Nichterfüllt- und das Nichtgesorgthabenkönnen. Objektiv kann man nur dem Kind etwas schuldig sein, weil es bedürftig ist. Daß man jemandem *im vorhinein* etwas schuldig wäre, der größer, stärker, reicher, erfahrener, wissender oder „geradezu allmächtig" ist, das widerspricht aller Logik. Schuldig *machen* kann sich prinzipiell

nur der Mächtige gegenüber dem Ohnmächtigen. Was kann denn ein noch so zorniges Kleinkind gegen seinen Vater ausrichten? Eltern brauchen auch keinen Gehorsam von ihren Kindern. Kinder lernen schnell und werden das Richtige nachmachen, vorausgesetzt, man ist in der Lage, das Richtige vorzuleben.
Heute wird jeder Mensch mit „allem" konfrontiert. Da er nicht mehr in der Geborgenheit kleiner, geschlossener Gruppen heranwächst, ist die Geborgenheit in der Familienzelle von besonderer Wichtigkeit. Die geschützte Geborgenheit einer Kindheit bildet die Voraussetzung zur Bewußtwerdung als Mensch. Ein Kind, das furchtlos zu kommunizieren lernt, ist fähig, viele Dinge und Verhältnisse genau zu erfassen und die Welt in allen Teilen zu verstehen.

Das erregendste, eindrücklichste Ereignis im Leben des Menschen ist die Geburt. Im gesamten Leben gibt es kaum etwas, das eine derart umfassende und aufwühlende Erregung erzeugen kann, an welcher sich, in einer Signalfunktion, jedes Erregungserlebnis über das ganze Leben hindurch mißt. Sobald irgendeine Erregung aufkommt, wird das Geburtsereignis angemahnt. Erregung ist eine Folge von Aufregung: ein Alarm- und/oder ein Mobilisationsresultat, das den ganzen Organismus einbezieht. Totale physische und emotionale Aufmerksamkeit sowie Einsatz erfordernde Ereignisse gehen mit Erregung einher. Während neun Monaten sind wir in der geschützten Zweisamkeit im „Paradies". Dort können wir, wenn möglich, ungestört und im Dialog mit der Mutter, unseren Organismus aus den Bausteinen der Jahrmillionen-Erfahrung des Lebens aufbauen. Am Ende der Paradieszeit wird der uns umgebende Druck allmählich größer. Die Beengung ruft nach Befreiung, auf die hin das Kind seine Kräfte sammelt. Vor der Befreiung sind eine Freude und Lust fühlbar, an die ich mich selbst genau erinnern kann, aber auch andere, die in ihren Erinnerungen soweit vorgestoßen sind, haben mir davon berichtet. Die bald darauf einsetzende Erregung resultiert aus der aufs höchste geforderten Körperaktivität. Dies müßte an sich wiederum ein Lustereignis sein, falls die walkende, massierende Anstrengung der Geburt als ein voller Erfolg erlebt werden darf. Mit Körperempfindungslust, mit Freuden geboren zu werden, sich geborgen zu finden, tatsächlich willkommen zu sein, das wäre der erwünschte Start ins Leben.

Dieser Start ist aber nur allzuoft eine brutale, schmerzhafte Vertreibung aus dem „Paradies". Manchmal ist es der Übertritt von der Hölle in die Folterkammer des Gebärraumes. Hier wird „nichtsahnend" ein Lebewesen gefoltert, das in Zukunft ein orientierungsfähiger Mensch werden soll. Das Unbewußte des Kindes wird diese Austreibung und Verstoßung nie vergessen. Vor der Befreiung aus der Enge hat es Freude und Lust verspürt, gewissermaßen als Befindlichkeit am Anfang des Erlebens. Wenn nun das Ereignis, mit hochgradiger Erregung einhergehend, als Folterqual endet, wird im stammesgeschichtlichen Repertoire des Kindes dafür keine Erklärung zu finden sein. Begriffe, mit welchen es dieses Monstergeschehen ordnen könnte, hat es noch keine. Das Kind fühlt sich durch eigenartige Kräfte mißhandelt, gerissen, gequetscht, gestoßen, geprügelt, kopfunten aufgehängt, erdrosselt und erstickt. Hier kann nur körpereigene Betäubung Rettung bringen, um die Folterung ohne Schaden zu überleben. Bestünde diese Möglichkeit im Organismus nicht, so würde die Schmerzüberlastung Organverletzungen oder gar den Tod verursachen. Das Hinübersinken in die Ohnmacht hindert den Körper nicht daran, die für das Überleben notwendigen „Daten" im Unbewußten zu speichern. So werden auch Randerscheinungen, die später der Erkenntnis und Deutung harren, vor und nach dem Blackout sehr genau erfaßt. Das gequälte Menschlein wird in der Zwischenzeit schemenhaft Dinge und Gestalten wahrnehmen, die für das Geschehen zum Erinnerungsträger werden. Wenn der Mensch später seine Erinnerungen aufarbeitet, werden solche Speicherungen von Nutzen sein. Wenn er es aber nicht tut, werden diese in seinen Angstträumen als Gespenster auftauchen und im Alltag Verwirrung stiften oder sogar körperliche Schädigungen bewirken. Nachdem der Körper diese fürchterlichen Traumatisierungen registriert hat, ist es nicht verwunderlich, daß dieses Ereignis als Inbegriff der Hölle aufgefaßt, im Unbewußten als Schrecken aller Schrecken deponiert und als Warnung vor Todesqualen gespeichert wird.

Man stelle sich einmal einen Arzt vor, wie er einen Säugling aus seinem Bettchen zieht, an den Füßen hält, so hängen läßt und schlägt. Er würde auch in unserer Kultur als verrückt und gemeingefährlich gelten. Aber ein paar Tage vorher, bei der Geburt, gilt das als medizinisch indiziert. Dies passiert zu einem Zeitpunkt, da das menschliche Zentralnervensystem am empfindlichsten und lernfähigsten ist. Der Mensch wird nach der Geburt gewissermaßen von Tag zu Tag vergeßlicher, weil er immer mehr Eindrücke aufzunehmen und zu verarbeiten hat. Das Neugeborene hat noch keine anderen Erfahrungen mit der Außenwelt als die im Mutterleib. Es ist erstaunlich, wie wenig Sorgfalt und Schonung diesem kleinen Menschen zukommt, in der Zeit seines Lebens, in der er am empfindlichsten und verletzlichsten ist.

Im Leben wird jede Erregung einen Anklang an die Brutalität der Geburt hervorrufen und jede Handlung entsprechend beeinflussen, ohne daß der Betreffende etwas davon weiß. Die Basis des Lebens – eine Folterqual? Ja, leider allzuoft. So individuell die Folter auch ist, so störend wirken sich die daraus hervorgehenden latenten Reaktionen, Belastungen und Behinderungen ein Leben lang aus.

Wie soll ein überlasteter Mensch ein normales, selbständiges Leben führen? Er wird leiden, als neurotisch, psychopathisch oder sonstwie etikettiert werden, weil niemand das Geschehen verstehen will oder kann. Alles, was er unternimmt, bedeutet Gefahr. Anstrengungen sind Vorboten des Untergangs und rauben dem Geplagten schon nahezu das Bewußtsein. Das Leben wird erlitten und nicht geliebt. Er wird sich weder „zur Welt" noch zu sich selber je bekennen können. Beinahe alles ist Qual und wird zur beklemmenden Angst. Dieses Leben steht unter dem Diktat der Furcht.

Jede Geburt hat andere Folgen. Sie kann zur

lebenslangen Stütze werden, das Fundament des Urvertrauens sein, oder sie verdirbt durch ihre Auswirkungen jeden Tag des Daseins.

Unter einer Vielfalt von Belastungen treten negative latente Reaktionen auf. Beispielsweise löst alles, was im Zusammenhang mit Lust steht, Angst oder Befürchtungen aus. Die Erfahrung des schmerzhaften Steckenbleibens im Mutterleib erzeugt ein latentes Gefühl des Abgesperrt- und Abgeriegeltseins und führt zur Vermeidung oder gar Verweigerung, sobald Bewegungslust aufkommt. Das Erstarren während der Geburt erzeugt die Tendenz zum Sich-Totstellen, zum Steif- und Starrwerden, zum Nicht-Atmen-Dürfen, und dies besonders bei Gefahr. Die Erfahrung, daß Betäubung *das* Mittel gegen Unerträgliches ist, begünstigt oder erzeugt Narkolepsie (Schlafdrang). Die Suche nach Betäubung verführt im späteren Leben zum Rauchen. Rauchen ist ein probates Betäubungsmittel und gleichzeitig auch ein Streßmittel. Der lang andauernde Schmerzzustand, die komplizierte Geburt oder die fehlerhafte, unsensible Geburtshilfe, welche für das Kind Torturen bedeuten, haben entsprechend lang andauernde Betäubungen zur Folge, die über Monate, Jahre oder sogar Jahrzehnte wirksam bleiben können.
Im Mutterleib oder während der Geburt erlittene Schmerzen, die mit Lähmung und Betäubung einhergehen, bewirken Lähmungen. Sie können bis zu Paresen (Lähmung, Schwächung eines Muskels oder einer Muskelgruppe) im Sinne von Symptomen morphologisch faßbarer zerebraler Substanz-

schädigungen führen, also der infantilen Zerebralparese entsprechende, funktionelle Reaktionen bilden. Eine dieser funktionell fatal wirksamen, latenten Reaktionen ist – meiner Meinung nach – die multiple Sklerose. Allen spontanen Eingebungen, jeder Reaktionslust, jeder kreativen Regung, jeder Bewegungslust folgt bei dieser Krankheit in Sekundenbruchteilen die Warnung: „Achtung, tu es nicht, es könnte gefährlich sein!" Außerdem macht die latente Bereitschaft zur Abwehr der Not jede vollständige Entspannung im seelischen und körperlichen Bereich unmöglich.

Schmerzüberlastungen, Folterqualen und Alleingelassensein vor, während und nach der Geburt stören lebenslänglich die Lebensfähigkeit, beeinträchtigen die Freude am Dasein.

Angesichts des grauenhaften „Schicksals" der Betroffenen darf man die vielen Belastungen kaum erwähnen, die vermeidbares Leiden verursacht. Vorsorge würde das Leiden vermeidbar machen. Einzelne verstehen es, aus ihrem Leiden eine Tugend zu bilden. Das mag eine Hilfe sein und dem gestörten Dasein einen Sinn geben, es bleibt jedoch ein bitterer Ersatz für eine volle Lebensentfaltung. Das Kind, der Mensch, bringt seine Not täglich zum Ausdruck. Das ist die Chance der Eltern, ihrem Kind zu helfen.
Es ist tatsächlich möglich, schwere Verletzungen zu heilen. Voraussetzung ist das Beachten der Signale, der Appelle des Kindes. Jede Beruhigung und echte Bedürfnisbefriedigung stillt sein Irri-

tiertsein. Die liebevolle Körperpflege und die Bestätigung, daß das Menschlein achtenswert und liebenswert ist, helfen nahezu alle Wunden zu heilen. Erkannte Verletzungen, Verunsicherungen und Verwirrungen können mit Worten und Taten rückgängig gemacht werden. Psychisch Taube können hörend, psychisch Stumme sprechend, psychisch Blinde sehend werden.

Heilung erfordert meistens sehr viel Zeit, Ausdauer und Geduld; die Freude am Erfolg wird der Lohn für den Aufwand sein. Dabei ist zu beachten, daß das überlastete Kind für längere Zeit keine Befriedigung oder Freude zum Ausdruck bringen kann. Es kostet am Anfang viel Mühe, das Kind zufriedenzustellen. Es ist empfindlich und rasch gereizt, wird sehr oft Angst äußern und den Eindruck erwecken, es sei in seinen Bedürfnissen unstillbar. Das Kind wird der „neuen Ordnung" nicht sofort trauen können, es hat sich bereits ein Abwehrsystem geschaffen, welches nicht sogleich wieder fällt. Es braucht fühlende Eltern, die ihre Bereitschaft zu Zuwendung und Aufmerksamkeit beibehalten, bis es wieder Vertrauen fassen kann.

Leider werden viele Eltern nie auf die Not ihres Kindes aufmerksam und sind nicht bereit, sich in Frage zu stellen, um damit ihrem Kind zu helfen. Eher wird „das Problem" den Fachleuten aufgebürdet, die nur allzuoft vom wirklichen Leidenszustand und dessen Hintergrund keine Ahnung haben, unter anderem auch, weil sie von den Eltern nie vollständig informiert werden. Sofort einsetzende Hilfe ist der zuverlässigste Schutz vor chronischem Leiden. Mütter, die ihr Kind nach einer schweren Geburt beruhigen und stillen können, es immer wieder ermuntern, können bleibenden Schaden vermeiden. Schaden kann „repariert" werden, indem die Eltern ihr Kind mit der notwendigen Sorgfalt und liebevoll behandeln. Nachdem ihm Schmerzen zugemutet wurden, braucht es wohltuende Zuwendung für Körper und Seele. Die Mutter braucht ihrerseits die Hilfe von außen und eine innere Sicherheit, die ihr ermöglichen, fühlend dazusein. Das Stillen lustvoll erleben zu können scheint ein weitverbreitetes Problem zu sein. Manchmal sind es „moralische Bedenken" oder ein gestörtes Verhältnis zum eigenen Körper, das die Mutter am Stillen hindert. Gesunde Mütter verspüren beim Stillen am ganzen Körper Lust, insbesondere an der Brust und im genitalen Bereich. Dies ist gewissermaßen das Honorar der Natur an die Mutter für das Hergeben der Primärnahrung. Stillen kann nach der Geburt die intensivste lustvollste Kommunikation zwischen Mutter und Kind sein. Die Muttermilch enthält nicht nur alle Abwehr- und Aufbaustoffe für das Kind, die Organe und Tätigkeiten des Kindes werden beim Trinken an der Brust auch lustvoll stimuliert, was wiederum eine befriedigende Beziehungsfähigkeit vorbahnt. Genußreiches Stillen ist eine ausgezeichnete Voraussetzung für eine positive psychosoziale Entwicklung. Die spendende, stimulierende Mutter erzeugt im Kind ein positives Ich-Gefühl und damit eine stabile Grundlage für seinen Selbstwert als Lebewesen. Ein rundum befriedigtes Kind wird danach trachten, lustvoll zu leben und seine Lebenslust weiterzugeben.

Mütter benötigen die Unterstützung der Väter und die Anerkennung der Gesellschaft, um „Leben spenden zu können“.
Wir können und wollen nicht auf „richtige“ Mütter verzichten, Retortenkinder sind bereits als „Monster“ beschrieben worden, und es ist auch nicht denkbar, daß daraus wiederum etwas anderes als „Monster“ entstehen würden. Es erscheint mir einfacher, die Produktion von „Monstern“ durch unbewußte Menschen zu verhindern, als auf künstliche Aufzuchtsmöglichkeiten zu warten. Ich bin davon überzeugt, daß wir uns zu bewußten Menschen entwickeln werden, weil das unsere einzige Chance ist, den Menschen als Lebewesen zu erhalten.

Bedürfnisse und Perversionen

Die Sexualität und in ihrer Folge ungewollte Schwangerschaften waren bis zur Entdeckung des Fruchtbarkeitszyklus eine Not der Menschheit. Das ist auch heute trotz zahlreicher Verhütungsmittel noch so. Was treibt den Menschen zu ungewollter Zeugung?

Zur Zeugung treibt uns normalerweise der hormonell gesteuerte Paarungsdrang. Eine Auflage, ein Erbe aus der Natur? Etwas in uns will – hinaus? – nicht mehr getrieben sein? – sich beruhigen? – Lust erleben? – sich abreagieren? – das Leben weitergeben? – die Art erhalten? – oder alles zusammen und noch mehr?

Heute müßte sich jeder zeugungsfähige Mensch bei sexuellen Begegnungen klar darüber sein, was er will: ein erotisches Liebeserlebnis oder in Liebe ein Kind zeugen. Falls ein Kind gezeugt werden soll, muß dies in Verantwortung für das zukünftige Leben geschehen. Ein Kind unwissend oder als Spielzeug ins Leben zu setzen, ist ein Verbrechen.

Sexualität dient leider allzuoft als Vehikel zum Abreagieren unterschiedlichster, latenter Reaktionen, als lustvoller Machtmißbrauch, als Ausdruck der Verachtung oder zum lustvollen Schmerzzufügen. Liebe vorzutäuschen, um sich sexuell abreagieren zu können, ist vermutlich die häufigste Form des Mißbrauchs.

Das Kind erlebt auch vor der Pubertät Lustempfinden an seinen genitalen Organen, ohne dabei „sexuell“ zu sein. Mit Sexualität sollte man den Paarungsdrang und den Zeugungsakt bezeichnen.

Den Zeugungsakt will das Kind nicht, weil es gar nicht zeugen kann. Wenn Kleinkinder einen erigierten Penis oder eine erregte Klitoris haben, bedeutet das keineswegs Zeugungsbereitschaft, sondern signalisiert eine Erregung beliebiger Herkunft, die lustvoll oder schmerzhaft sein kann, wenn sich der betreffende Körperteil prall mit Blut füllt.
Die 6 = SEX ist ein Erregungszeichen, ein Symbol. Sowohl bei natürlichem Tod wie auch bei Hinrichtungen ist bei Männern immer wieder ein erigierter Penis beobachtet worden. Der Tod kann ein sehr aufregendes, erregendes Ereignis sein. Am erigierten Penis bzw. der Klitoris läßt sich jede Erregung, die durch irgendein Ereignis ausgelöst sein kann, durch Überreizung des Gliedes leicht „abführen". Durch Überreizung des erigierten Penis bzw. der Klitoris wird die Spannung regional so gesteigert, bis sich ein Höhepunkt, eine Kumulation einstellt. Daraufhin fällt das Spannungsfeld in sich zusammen, indem es sich auf den ganzen Körper verteilt. Dies erleben wir als Orgasmus und „fallen" unmittelbar danach in eine Erschlaffung. Bei diesem Vorgang wird Lust erlebt, selbst wenn es nur die Lust an der Befreiung ist. Damit tritt eine sich über den ganzen Körper erstreckende Beruhigung auf. Das Zentralnervensystem registriert: „Der Akt ist geschehen, die Gefahr ist gebannt", und der Organismus kann vorübergehend demobilisieren und sich erholen.
Erregung ist eine Folge der Aufregung, ein Alarm- oder Mobilisationsgeschehen im Organismus. Die Erregung schließt immer alle Organe, besonders

die für das Überleben wichtigen Organe mit ein. Diese Organe sind auch besonders schmerzempfindlich, z. B. die Ovarien der Frau oder die Hoden des Mannes. Bei Angstverkrampfungen des Unterbauches können beim Mädchen oder bei der Frau die Eierstöcke so heftig reagieren, daß bei entsprechenden Schmerzäußerungen noch heute von Hysterie gesprochen wird, obschon die Hystéra (Gebärmutter) nicht die Schmerzursache ist. Viel zutreffender sollte man von einer Historie sprechen, damit die Betroffene weiß, daß es sich um ein geschichtliches Ereignis in ihrem Leben handelt. Schmerzzustände treten infolge von Verkrampfungen auf, weil der Mensch die Erregung nicht bewußt erleben kann, sie unterdrücken muß, weil unbewußte Gefahr angemahnt wird. Wenn Erregungsäußerungen unterdrückt werden, treten sowohl beim Kind wie auch beim Erwachsenen manchmal Schmerzen im Kopf-Rücken-Becken-Bereich auf, der Reizleitung Rückenmark entlang. Das Kind erleichtert sich, wenn es nicht daran gehindert wird, indem es, ausgehend vom Becken, Schaukelbewegungen macht, ehe die Verkrampfung einsetzt. Mit dieser Selbsthilfe, die stark an Geburts- oder Paarungsbewegungen erinnert, können Verkrampfungsschmerzen vermieden werden. Eine etwas gesteigerte Selbsthilfe gegen Erregungen, die Angst- und Schmerzerwartung signalisieren, ist das manuelle Überreizen der Genitalorgane.

Es ist offensichtlich, daß „sexuelles Verhalten“ in bestimmten Situationen nahezu nichts mit Sexualität zu tun haben kann. Deshalb darf ein sich wie-

gendes, onanierendes Kind nicht als „sexuell" bezeichnet werden. Erwachsene tun das aber leider immer und immer wieder, um damit ihren sexuellen Mißbrauch des Kindes zu legitimieren. Sexueller Mißbrauch am Kind ist ein schweres Verbrechen mit lebenslangen Folgen für das Opfer. Auch wenn das Opfer nichts davon weiß oder nichts darüber sagen kann, selbst wenn es daraus eine „Tugend" gemacht hat, ist es ein Leidenszustand.
Bei jeder Erregung spielen alle früheren Ereignisse oder Geschehen mit, die mit Erregung einhergingen. Die Qualität der bisherigen Erfahrungen bestimmt weitgehend mit, *wie* wir die Erregung in der Gegenwart erleben können. Ob wir bewußt „bei uns sind" und die Erregung genießen oder ob wir in Panik geraten, ist von unseren Erfahrungen abhängig. *Eine* Erfahrung spielt dabei immer eine Hauptrolle und führt Regie: Es ist die Erfahrung der Geburt, weil diese meist den bisher umfassendsten Erregungszustand im Leben hervorgerufen hat. Je besser, positiver, stärkender eine Geburt war, um so freier, erfüllender und glücklicher kann eine Erregung und somit Sexualität erlebt werden. Je schmerzhafter und belastender eine Geburt war, um so dringlicher und zwanghafter muß eine Erregung abreagiert, gelöscht werden. Im Sexuellen hat das Störungen zur Folge, die sich als Perversionen oder Impotenz bemerkbar machen. Es kann auch zu zwanghaften, unbewußten Paarungen führen, die die Partner nicht nur unbefriedigt lassen, sondern auch zu ungewollter Schwangerschaft führen. Auch die Suche nach nie erlebter Geborgenheit, nach Sicherheit und Schutz kann bei unbeabsich-

tigten Zeugungen ein Motiv sein. Der unbewußte Zwang, sich aus dem drohenden Untergangs- und Schmerzerlebnis (Geburt), das durch die Erregung angemahnt wird, zu befreien, ist stärker als jede Vernunft.

Die logische Aufrechnung aller Tatsachen führt zu der erschreckenden Erkenntnis, daß der unbewußte Versuch, nachträglich der Geburtsfolter zu entgehen, immer wieder unerwünschte Kinder hervorbringt. Somit kann das wichtigste Bedürfnis, das Paarungsbedürfnis, das die Erhaltung menschlichen Lebens sichert und ohne Sexualität nicht durchführbar ist, durch mit Schmerz verbundene Ereignisse verwirrt und zur Perversion werden.

Wie am Beispiel der Sexualität gezeigt, kann jedes menschliche Bedürfnis entarten, zur Perversion werden und Leiden verursachen. Der Grundmechanismus ist immer derselbe: Wenn die primären Bedürfnisse mißachtet oder vernachlässigt worden sind und dabei Angst und Schmerz erlitten wurden, die das Kind nicht einordnen konnte, besteht die Gefahr der Perversion. Für den Betroffenen bleibt keine andere Möglichkeit, als den inneren Androhungen auszuweichen. Er wird entweder Sexualität vermeiden oder diese in einer pervertierten Form ausleben. Für ihn ist es unmöglich zu erkennen, daß die Perversion (das entartete Bedürfnis) ein Schutzverhalten ist, um Schmerz und Täuschung zu vermeiden. Je mehr die Perversion als legitimes Bedürfnis Anerkennung findet, um so stärker wird das natürliche Bedürfnis verschüttet.

Wenn das Gefühl des verletzten Kindes sprechen könnte, würde es etwa sagen:

„Ich kann nicht zulassen, daß du mich lieben willst. Es ist lächerlich zu behaupten, du würdest mich lieben: Ich weiß doch schon lange, daß *ich* nicht liebenswert bin. Ich darf auf keinen Fall auf deine/meine Gefühle ‚hereinfallen'. Ich weiß, daß das mörderisch ist. Lieben ist ein krankhafter Trieb, der mit Täuschung, Zurückweisung, Beschämung und Schmerz beantwortet werden muß. Ich weiß, wie die Welt ist. Dieses blöde Gerede von Hilfsbereitschaft und Liebe ist nur dazu da, die Menschen manipulierbar zu machen. Ich werde diesen Täuschungen nie mehr erliegen. Ich will nicht glauben, daß es einen einzigen Menschen gibt, der das Kind wirklich versteht, zu ihm steht und sich ohne Hintergedanken für das Kind einsetzen will.
Niemandem zu trauen ist meine Lebensversicherung. Ich will die Enttäuschung nie mehr erleben."
Vom stets aufs neue verletzten Kind *dürfen* die natürlichen Bedürfnisse nicht mehr wahrgenommen werden, das ist zu gefährlich und zu schmerzlich. Das verletzte Kind ist furchtsam, angst- und schmerzbedroht und schwört seiner Natürlichkeit geradezu ab, um den bedrohlichen Erinnerungen und Erwartungen zu entgehen.
Die Erinnerung an sexuelle Traumen ist für den Betroffenen sehr problematisch, da diese Ereignisse zuverlässig verdrängt und vom Opfer selbst als krankhafte Phantasie abgetan werden. Zudem wehrt jedes Opfer die Erinnerung aus Angst, es sei am Geschehen selber schuld, ab, z. B. im Sinne von: „Wenn ich das nicht gewollt hätte, wäre mir

bestimmt nichts passiert." Die Symptome – insofern sie alle genannt werden – weisen für den erfahrenen Therapeuten unmißverständlich auf die sexuellen Verletzungen hin.

Alle sexuellen Perversionen sind Abkömmlinge von Verletzungen der kindlichen Integrität. Konzentriert man sich in der Therapie aber nur auf das Auffinden sexueller Ereignisse, wird damit die Therapie blockiert. Es braucht Zeit, bis die Wahrheit erkannt werden darf und bis sie ertragen wird. Die direkten Folgen des sexuellen Mißbrauchs, so z. B. Frigidität, Perversion oder Psychose, lassen sich durch das bloße Auffinden der Erinnerung nicht aufheben. Die Therapiearbeit muß zuerst geleistet werden. Eine besondere Schwierigkeit bei der Auflösung sexuell bedingter Leidenszustände besteht darin, daß der Grad der Erregung bei der Sexualität sehr hoch ist und daher der Unterschied zu einem Schmerzzustand verwischt ist, d. h. nicht wahrgenommen wird. Die Reaktionskette Erregung-Überreizung-Entspannung vermeidet multiple Schmerzzustände, die mit Empfindungen und Gefühlen, unter anderem mit schwerwiegenden Ängsten besetzt sind. Bei diesen der Sexualität eigenen, dynamischen Erregungszuständen wird oftmals Schmerz in Kauf genommen. Hauptsache: „Der Akt ist geschehen, die Gefahr ist gebannt."

Voraussetzung der therapeutischen Hilfe ist die Offenheit des Patienten. Wenn er sich aus Scham über seine Not ausschweigt und sich immer wieder, um dem alten körperlich-seelischen Schmerz ausweichen zu können, selber Schmerz zufügt oder zufügen läßt, kann er sich nicht erfolgreich helfen lassen. Männer und Frauen, die als Kind oral, genital oder anal mißbraucht worden sind, neigen dazu, sich überreizen und Schmerz zufügen zu lassen. Damit verhindern sie das Aufsteigen der Erinnerungen und müssen den Primärschmerz nicht fühlen. Solche „Deckerlebnisse“ verschaffen den Leidenden eine vorübergehende Erleichterung. Sie entsprechen einer Sucht und begünstigen Verletzungen, die das Leiden zementieren. Manipulationen mit Gegenständen, Perversionen, exzessive Sexualität oder Prostitution sind immer Folge von mehrfachen Verletzungen an Körper und Seele des Kindes. Diese Leiden können *nur* mit der vollständigen Bereitschaft des Leidenden geheilt werden.

Perversionen dienen dazu, körperliche oder seelische Schmerzen zu umgehen, die entstehen, sobald das natürliche, primäre Bedürfnis gefühlt wird. Perversionen haben zudem die Funktion, Ängste und Schmerzen aus traumatischen Erlebnissen zu überdecken und unkenntlich bleiben zu lassen.

Kriminalität

1959 wurde von der UNO-Vollversammlung die „Erklärung der Rechte des Kindes“ angenommen. Diese in zehn Sätze gefaßte Erklärung würde jede Kriminalität zuverlässig unmöglich machen, wenn sie befolgt würde. Leider werden „die Rechte des Kindes“ auch heute noch, dreißig Jahre nach ihrer Proklamation, kaum wahrgenommen, geschweige denn geschützt. Jedermann kann sich in Biographien von Kriminellen, insofern diese vollständig sind, über die Entstehung der verbrecherischen Haltung informieren. Es ist nicht schwierig, die Gründe (Auslöser) für die späteren Verbrechen in den Kindheitsgeschichten nachzuweisen, wenn man weiß, daß es immer um die Verletzung der Integrität des Kindes und um den unterlassenen Bedürfnisschutz geht. Jeder Mensch, der kriminell geworden ist und sich davon befreien will, muß seine Geschichte selber erforschen und aufarbeiten. Er muß die destruktiven Antriebe, die ihm in seiner Kindheit als vermeintliche Lösungen für persönliche Nöte anerzogen wurden, mittels Therapie auflösen.

Es ist immer noch von Perversionen die Rede. Beruht denn Kriminalität auch auf nicht erfüllten Bedürfnissen? Ja, im wesentlichen auf Verleugnung der Verantwortung. Das Kind kennt seine Rechte nicht und kann diese auch nicht fordern. Wenn die Verantwortung für die Rechte des Kindes weder von den Eltern noch von der Gemeinschaft wahrgenommen wird, wächst das Kind teilweise oder vollständig rechtlos auf. Recht auf Schutz und Versorgung hat jedes Kind, gerade weil es nie gefragt worden ist, ob es in diese Welt gesetzt werden möchte. Seine Sozialkompetenz, die tragende Eigenschaft zur Erhaltung der menschlichen Gesellschaft, erwächst aus den positiven Erfahrungen und der Wahrnehmung der Verantwortung seiner Vorbilder ihm selbst und der Umwelt gegenüber. Ein Kind, dessen Bedürfnisse erfüllt werden, wird als Erwachsener gemeinschaftsfähig und sozialkompetent.

Das erste, für das Wohlbefinden des Kindes entscheidende Bedürfnis ist das Bedürfnis nach Achtung. Jedes Kind, das be- und geachtet wird, kann alle weiteren Bedürfnisse anmelden und hat Aussicht, daß diese befriedigt werden. Es wird vielleicht nicht satt an Nahrung, Bildung usw., aber es kann nachfragen und wird nicht zurückgestoßen oder mit Ausreden vertröstet. Geachtete Kinder können sich orientieren und achten ihrerseits die Bedürfnisse der anderen. Solche Kinder begehen keine Verbrechen, um Vorteile zu erlangen oder um sich für ein *vermeintliches* Unrecht zu rächen. Diese Kinder werden besorgt sein, das Recht auf Leben und das Recht auf Befriedigung der natürlichen Bedürfnisse zu schützen.

Kriminalität ist die Perversion des Bedürfnisses nach Achtung. Pervertiertes Achtungsverhalten dem Nächsten, der Gemeinschaft und dem Lebewesen gegenüber ist das Resultat der Nicht-Achtung. Die Bedürfnisbeachtung und Befriedigung, die Eltern den Kindern schuldig geblieben sind, werden von den Söhnen und Töchtern auf andere Menschen und Institutionen verschoben. Sie su-

chen die Beachtung und Befriedigung der inzwischen pervertierten Bedürfnisse von der Umwelt mit Gewalt zu erzwingen oder mit List zu erreichen.
Nicht selten wird kriminelles Verhalten als erstrebenswertes, kluges menschliches Gebaren gepriesen, als raffinierte Strategie im „Überlebenskampf". Kriminalität ist der anmaßende Anspruch auf das Recht des Stärkeren, Klügeren oder Raffinierteren, dem es angeblich zusteht, sich zu nehmen, was er kann, und zu tun, was ihm beliebt. Wenn er dabei erwischt wird oder umkommt, ist das ein Lebensrisiko wie ein anderes auch. „Er hat gelebt und seine Möglichkeiten genutzt", wird es heißen. Von den Schäden, die er angerichtet hat, spricht man nicht lange. Kinder, die zur Kriminalität verführt worden sind, können nicht glücklich werden. Gleichgültig, auf welche Tätigkeit sie sich spezialisiert haben, ob in der Wirtschaft, Politik, Wissenschaft oder im Verbrechersyndikat, sie werden immer andere schädigen. Leider gibt es in allen Berufen kriminelles Verhalten.

Kriminalität ist die Perversion der Achtung vor dem anderen Leben und seinen Bedürfnissen, die verantwortungslose Mißachtung und Verachtung anderer Menschen und deren Eigentum.

Lebensfeindlichkeit

Wie traurig ist es, keinen Freund und nur Feinde zu haben. Ist das wirklich so? Ist das Leben ein Kampf? Oder ist diese weitverbreitete Meinung „Leben ist Kampf ums Überleben“ doch falsch verstandener Darwinismus? Anerkannte Forscher vertreten die Ansicht, daß die Anpassungsfähigkeit des Lebewesens für die Selektion entscheidend ist. Haben wir Menschen so große Anpassungsschwierigkeiten? Wohl kaum. Unübersehbar kann sich der Mensch mit moderner Technik sogar an die Umweltbedingungen auf anderen Himmelskörpern anpassen. Woran liegt es, daß täglich auf unserem Planeten getötet, gemordet und gefoltert wird, dies meistens auf Befehl einer „höheren“ Instanz? Die Opfer oder Feinde werden als „bösartig“ oder „schädlich“ bezeichnet und oft ohne nähere Begründung der Vernichtung preisgegeben. Sind das Sold-Taten auf Rechnung und Verantwortung anderer Menschen oder Mächte, die jedermann auszuführen bereit ist? Oder braucht es dazu bestimmte Gründe? Gründe, andere Menschen umzubringen, kann es so viele geben, wie es Menschen gibt. Glücklicherweise haben nicht alle Menschen eine Lebensgeschichte, die es ihnen „ermöglicht“, andere Menschen auf Befehl ohne eigene Not umzubringen. Menschen, die eine andere Geschichte haben, wollen nicht töten, auch dann nicht, wenn man es ihnen befiehlt. Sie haben sogar Skrupel, in Notwehr zu töten. Was sind denn die Hintergründe, die einen Menschen zum Töten „befähigen“?

Es ist die in der Kindheit erzeugte Lebensfeindlichkeit, die Todessehnsucht und Tötungslust zur Folge hat. Das Leben wurde diesen Kindern derart „ver-leidet", daß sie nur darauf warten, ihre Lebensfeindschaft auszuleben und sich für die Zumutung, so „leben" zu müssen, zu rächen. Ihre eigene Furcht und die Angst vor der Vergeltung halten sie zurück. Doch wehe, sie bekommen Macht. Die Handlungen der Massenmörder unseres Jahrhunderts (z. B. Hitler oder Stalin und Ceauşescu) sind bekannt. Über die Entstehung ihrer Destruktivität ist aber meist noch nicht viel ins allgemeine Bewußtsein gelangt. Jedenfalls spricht man öffentlich noch kaum davon. Dabei wäre es doch wichtig, sich über die Fehlentwicklung dieser Menschen zu Monstern zu orientieren, um zu lernen, in Zukunft diese Gefahren und dieses sinnlose Leiden zu verhindern. Sich mit solchen Monstern befassen zu müssen ist nicht angenehm, besonders dann nicht, wenn man dem eigenen „Monsterchen" begegnen muß. Viele Erdenbürger werden am Lebensanfang gequält, so daß auch in vielen von uns ein kleiner oder größerer Quälgeist anzutreffen ist. Im Fall, daß das Monster in uns so groß ist wie der böse Geist in der Flasche, so daß er seine Behausung, die Flasche, beinahe zersprengt, wenn er sich ausdehnt, wird es gefährlich. Der Betreffende ist für sich selbst und für andere eine latente Gefahr. Der Korken muß ganz fest sitzen, damit der Ungeist der Zerstörung nicht, sobald die Flasche offen ist, entweicht und zum Riesenmonster wird.

Die tobende Verzweiflung einst mißhandelter Kinder richtet sich gegen alles und jeden. „Ich müßte die ganze Welt zerstören aus Wut", lauten die Bekenntnisse Mißhandelter. Zorngeladen und todwütend, das sind zu schwache Worte, um den Zustand eines Menschen, der mit einer latenten Todessehnsucht und Lebensfeindlichkeit durchs Leben geht, zu beschreiben. Wer seinen mörderischen Haß, der in seinen ersten Lebensjahren verursacht wurde, nicht auflösen kann, wird ihn bei jeder sich bietenden Gelegenheit auf andere übertragen. Oder er wird, indem er krank wird, selbst zum Opfer. Er wird durch eine zerstörerische Krankheit auf dem Altar der Eltern enden, denn „nur ein totes Kind ist ein liebes Kind". Die unbewußte Todessehnsucht bestimmt so manches Schicksal.

„Die Mörder sind unter uns" ist nicht nur ein Filmtitel, es ist die Alltagsrealität. Mörder werden „gemacht" und auf die Menschheit losgelassen. Wer Kinder zu latenten Mördern erzieht, muß ein Verächter der Menschen sein.

Die „Wächter des Lebens"

„Gefühle und Empfindungen sind doch nicht wichtig, sie kommen und gehen, am besten vergißt man sie sogleich." Wer so denkt, ist ein Mensch unserer Zeit, der Zeit, die soviel Achtung vor brillantem Verstand und sprühender Intelligenz bekundet und sie hoch honoriert. Dabei wird übersehen, daß Empfindungen und Gefühle das Lebewesen seit Jahrmillionen leiten und führen, dem Verstand dagegen, erdgeschichtlich gesehen, erst seit kurzer Zeit soviel Bedeutung zukommt. Wir können nach wie vor nicht ohne Empfindungen und Gefühle leben. Sie sind immer noch die Behüter unseres Wesens, unseres Lebens. Daher sind sie das Kostbarste, das der Mensch besitzt. Diese zwei „Instanzen" überwachen und beeinflussen uns ununterbrochen, selbst im Schlaf. Sie orientieren uns über alles in unserem Leben, wenn wir auf sie hören: über die Vergangenheit, Gegenwart und Zukunft, über das Bekömmliche und das Schädliche. Es gilt, die „Wächter unseres Lebens" zu beachten, unsere Aufmerksamkeit, unsere offene Sensibilität für sie zu bewahren und zu pflegen. Am Anfang unseres Lebens sind unsere „Lebenswächter", die Empfindungen und Gefühle, noch stark und wach. Wir müssen darum besorgt sein, sie so zu erhalten, wie wir sie brauchen. Wir müssen zusehen, daß die „Wächter" nicht betäubt, eingeschläfert, stumpf, taub, betrunken und kraftlos werden. Wir dürfen die Kinder nicht dazu verleiten, nicht mehr auf „ihre Wächter", die die Natur während Jahrmillionen ausgebildet hat, zu hören. Bewußtwerden und Bewußtbleiben heißt, auf die natürlichen, primären Empfindungen und Gefühle zu hören, sie zu beachten und sich von ihnen leiten zu lassen. Die Forderung der Zeit heißt: Wir müssen die Bescheidenheit zur Natur wiederfinden, sie achten und ihre Hilfeleistung behüten lernen.

Jedes Kind beherbergt ursprünglich die „zuständigen Wächter“ seines Lebens in sich. Diese müssen von den Eltern und der Gemeinschaft gesund erhalten werden, damit sie ein Leben lang den Menschen hilfreich unterstützen können.

Mit anderen Worten: Das Kind braucht Liebe. LIEBE ist kein Ding. Liebe ist Leben, Leibsein. Liebe ist aktives Besorgtsein um das Leben. Die Liebe ist durch die Stillung der Lebensbedürfnisse erfüllt. Das Leben schafft Bedürfnisse. Diese zu stillen oder gestillt zu bekommen ist erhaltendes Lieben. Das Kind will nur geliebt werden.

INFORMATION FÜR HILFESUCHENDE

Bern, im Juli 1990

Wenn Sie die Therapiebeschreibung gelesen haben und diese Ihnen zusagt, verwenden Sie sie als Instruktion zur Selbsthilfe. Dafür benötigen Sie einen geschützten Raum, Zeit, Geduld sowie ein Tonbandgerät, damit Sie Ihre Therapie kontrollieren können. Die Therapie beginnt immer mit Ihrer Befindlichkeit, dem Problem, den Gedanken, den Gefühlen, dem Dringendsten, hier und jetzt. Die Beschreibung im Buch bietet sich als Mittel an, die Therapie zu erlernen und ihren Ablauf zu kontrollieren.

Einzelne oder ganze Gruppen von Hilfesuchenden fragen immer wieder nach den Gefahren und Risiken der Therapie. Wir, großgewordene Kinder, fürchten uns fürchterlich. Wovor denn eigentlich? Vor dem Risiko der Therapie? Eher ist es das längst Geschehene, das reale Ungeheuerliche in unserer Vergangenheit, das in seiner Schrecklichkeit nie mehr, nicht mehr zu übertreffen ist.

Entstehen durch die Therapie nicht Gefahren? Eine mögliche Gefahr sind ungeeignete Therapeuten, die den Patienten bei der Wahrheitsfindung verführen oder überlasten könnten. Geeignete Therapeut/en/innen sind jedoch eine sehr wertvolle Hilfe. Wenn die Therapie ganz selbständig, ohne aktive, gezielte Hilfe, durchgeführt werden muß, bestehen eigentlich wenige Risiken. Die Gefahr des „Verlorengehens“, d. h. der Verlust des vernunftgesteuerten Bewußtseins ist bei denjenigen gering, die sich über die menschliche Entwicklung und über die Therapie durch das Buch „Wenn Leiden einen Sinn haben soll" eingehend informiert haben. Die Publikationen von Alice Miller durchzuarbeiten ist für die Therapie eine sehr wünschenswerte Voraussetzung.

Wenn man davon ausgeht, daß keine Störungen und Gefahren von außen in die Therapie hineingetragen werden, der Patient nicht überlastet wird, so besteht die wesentlichste Gefahr darin, daß der Patient aus der Therapie aussteigt und sich damit aufgibt. Diese Gefahr ist besonders ausgeprägt, wenn sehr große körperliche, manchmal auch seelische Schmerzen aufkommen. – Diese Schmerzen und Ängste würden natürlich ohne Therapie auch auftreten, nur würden sie dann bekämpft oder als physiologische oder psychologische Abnormität „behandelt". – Bei großen körperlichen Schmerzen wird oft geradezu geschworen, es könne sich *nur* um einen Organschaden und nicht um ein „seelisches Geschehen" handeln. Wenn in diesem Fall kein integrer Arzt zur Abklärung erreichbar ist, können sehr „dumme Sachen" geschehen, wie z. B. unnötige medikamentöse oder operative Eingriffe. Die meisten Schmerzen und Nöte werden ja erst spürbar – und zwar meist mit einer gewissen zeitlichen Verzögerung spürbar –, wenn das bisherige Abwehrverhalten aufgegeben wird; nachdem die Schmerzmittel und andere „Dämpfer" nicht mehr angewendet werden. Es ist allerdings unsinnig, Schmerzen aushalten zu wollen, die sich durch Therapie, über längere Zeit, nicht lindern oder auf-

lösen lassen. Der Patient muß für sich selber entscheiden, was er zu ertragen vermag.
Aus der Therapiebeschreibung ist ersichtlich, wie sich Bedürfnisse, die nicht befriedigt werden, verwandeln; wie sich ein gesunder, integrer Organismus, der verletzt wurde, verändert. Der Mensch, der für sein Leiden blind ist, versucht seinen natürlichen Bedürfnissen auf seine individuelle Art auszuweichen. Sobald er das nicht mehr tut, melden sich Ängste und Schmerzen, die durch therapeutisches Verhalten aufgehoben werden können, indem die natürlichen Bedürfnisse zu ihrem Recht kommen dürfen. Die von der Natur eigentlich als Hilfsmittel „vorgesehenen" Interventionen in unserem Organismus – die Aktivitäten unserer großen Schwester Angst sowie die unseres unerbittlichen Bruders Schmerz – werden von selbst ausbleiben, sobald der einzelne seine natürlichen Bedürfnisse in sich zuläßt. Daraus folgt, daß mit Warn-Ängsten und Warn-Schmerzen immer zu rechnen ist, insofern man seine natürlichen Bedürfnisse noch unterdrücken muß, weil der Organismus sie als noch zu gefährlich einschätzt. – Die Bereitschaft, sich der Therapie anzuvertrauen, kann durch das Verständnis dieses Mechanismus etwas gestärkt werden. – Eine Therapie kann in einzelnen Fällen dazu führen, daß sich der Patient vorübergehend subjektiv schlechter fühlt, während er, objektiv gesehen, einer Besserung entgegengeht. Dies geschieht, weil er jetzt einerseits seine Bedürfnisse zulassen will und andererseits seine Erwartungen, dafür bestraft zu werden, noch groß sind. Diese Erwartungen lösen seine Angst-

und Schmerzgefühle aus, besonders wenn er sich, für sich, zur Wehr setzen muß.
Der größte Widerstand gegen die Therapie – oder, besser gesagt, gegen die Wahrheit über das eigene Leben und Leid – sind die hartnäckigen, unermüdlichen, irrealen Schuldgefühle in uns. Irreale Schuldgefühle stammen aus Situationen der Vergangenheit, in welchen wir keine genügende Anpassungsleistung erbringen, keine bessere Lösung finden konnten, aus Notsituationen zu Zeiten, in welchen wir gar nicht für uns verantwortlich waren und daher auch nicht fähig waren, etwas anderes zu tun als das, was wir getan haben.
Eltern stellen immer wieder die Frage: Wie werde ich als Mutter oder Vater mit der Erkenntnis fertig, daß ich nicht nur Opfer meiner Eltern, Opfer ihrer Erziehung, sondern auch Täter an meinen eigenen Kindern bin.
Die Antwort ist nicht einfach, oder doch? Solange wir nicht wußten, was rechtens ist, konnten wir uns nicht so verhalten, wie wir uns im Zustand und in der Inanspruchnahme unserer primären Integrität, also unverletzt, verhalten hätten. Das gilt in einer sehr tragischen Konsequenz auch für unser Verhalten den *eigenen* Kindern gegenüber. Vor unseren Kindern haben wir am wenigsten Angst uns abzureagieren, und andererseits wollen wir es mit ihnen besonders gut machen. Unsere eigenen Kinder sind sehr oft unseren latenten Reaktionen und Meinungen am stärksten ausgesetzt und davon direkt betroffen. *Blind, wie wir waren, haben wir das Leiden weitergereicht.*
In der Therapie sollten wir nicht nur für unsere

Rechte als Kind, sondern auch für unsere Pflichten als Eltern bewußter werden. Wenn Übergriffe passieren, müssen wir uns immer sofort entschuldigen und dem Kind versuchen klarzumachen, daß unser Fehlverhalten Folge unserer Schwierigkeiten ist und mit ihm als Person nichts zu tun hat.
Früheres Fehlverhalten unserem Kind gegenüber zu erkennen, fällt uns im Verlauf der Therapie leichter, weniger schmerzlich wird die Erkenntnis damit jedoch nicht. Wir können uns vorerst, *in der Therapie*, beim Kind entschuldigen – dabei müssen wir wiederum alle vier Schritte tun, also auch unsere Befangenheit in unserer Lebensgeschichte und der Übertragung zugeben, die Einsicht in das Unrecht formulieren und den Willen zu gerechtem Verhalten bekunden.
Es ist nicht immer leicht, sich eingestehen zu müssen, wie böse und gemein man bisher im Grunde war, daß eigentlich kaum etwas Positives und Gutes in unserer Seele zu Hause war, daß wir jetzt zuerst den uns aufgebürdeten „Unrat“ fortschaffen müssen, um endlich unserem primären ICH gemäß leben zu können. ICH will nur Gutes und Liebes empfangen und geben.

Stellungnahme einer Mitarbeiterin

Als ich die Briefe der Leser der ersten beiden Auflagen des Buches anschaute, fiel mir auf, daß viele offenbar meinen, sich selbst zu helfen könnte gefährlich sein.
Alle Symptome, Ängste und Schmerzen fordern uns auf, innezuhalten, uns bewußt zu werden, was

wir tun und weshalb wir es tun. Sich selber in den vier Therapieschritten im aktuellen Handeln zu überprüfen, das ist lebensrettend und *nie* gefährlich. Einst verunsicherte, gequälte, geschockte, ungeliebte Kinder haben Mühe zu erkennen, was gut ist und was schädlich, was gefährlich und was hilfreich ist. Es ist für mich nicht verwunderlich, daß Ihr eine an und für sich einfache, logische Hilfe/Selbsthilfe in den von J. K. Stettbacher beschriebenen vier Schritten anzweifelt. Wie solltet Ihr Euch vertrauensvoll und ganz „hineinwagen", immerhin seid Ihr alle verwirrt worden als Kinder, und das erschwert es einem zu erkennen, was hilfreich und gut ist. Es verwundert mich auch nicht, daß Ihr Euch andererseits endlich in gute Hände geben wollt, Hilfe und Hände, wie Ihr sie bisher nie zu spüren bekommen habt. Das ist eine lebensnotwendige Erfahrung, ohne die ein Kind keine positive Orientierung hat und ohne die der erwachsene Mensch nahezu verloren ist. Es fehlt uns nicht nur der Glaube, daß es das geben kann, es fehlt uns das positive Erfahrungsmodell; wir sind empfindungs-, gefühls- und verstandesmäßig Orientierungsgeschwächte. Das Gefühl, mir wurde geholfen, ich bin es wert, ich kann mir helfen ein Leben lang – davon würde, durch eine gute Begleitung in der Therapie, wenigstens ein „bißchen" vermittelt. Wenn man sich allein „begleiten" muß, ist es tatsächlich viel schwieriger, aber doch nicht unmöglich. Der Zwang, sich alleine helfen zu müssen, kann ermüden; bei wenig Kräften und schlechten Lebensbedingungen ist das kaum zu schaffen, oder man tut es unter dem Motto „alles oder nichts".

Das Kind hätte sich leicht helfen lassen. Helft dem Kind in Euch, wie wenn es Euer leibliches Kind wäre, laßt ihm Zeit, sich zu entwickeln, und lobt es für jeden Schritt, der ihm gelingt. Ermuntert Euch selbst, denn es ist eine große Leistung, die Ihr da erbringt, nicht nur für Euch persönlich, es ist eine Leistung für alle Menschen. Wenn Ihr jetzt beginnt, Euch mit Eurer eigenen Geschichte zu beschäftigen, dann achtet Eure Gefühle und versucht sie zu verstehen, auch wenn sie Euch angst machen, es sind Gefühle, die Ursachen haben. Es sind ICH-fremde Gefühle, die dem Menschen angst machen. ICH will *nur* gut sein, ICH will *nur* lieben. Wenn ICH hassen *muß*, geschieht das nicht freiwillig, und es geschieht vielleicht der falschen Person gegenüber. Haß- und Zorngefühle, die in der aktuellen Lebenssituation eigentlich nicht berechtigt sind, machen krank. Das Kind in Euch wird die Geduld und Sorgfalt, die Ihr ihm angedeihen laßt, belohnen, besonders, wenn Ihr nicht mehr gestattet, daß ihm Leid geschieht, indem Ihr Euch selbst schlecht behandelt. Eines Tages werdet Ihr bereit sein, Euch selbständig, soweit es nur geht, zu beschützen, damit nichts mehr geschieht, was Euch und den anderen Menschen nicht gut tut.

Nach meiner Erfahrung ist es tatsächlich möglich, seine eigene Integrität (Übereinstimmung), soweit es die Seele betrifft, vollständig wiederherzustellen. Auch die körperlichen Schädigungen können, zumindest teilweise, ausheilen. Die Narben werden jedoch immer sichtbare Spuren hinterlassen.

Nachwort zur 3. Auflage

Vor dem Erscheinen dieses Buches konnte ich nur hoffen und vermuten, aber noch nicht mit Sicherheit wissen, daß diese Beschreibung tatsächlich einigen Menschen ermöglichen wird, gefahrlos und erfolgreich selbständig Therapie zu machen. Nun weiß ich es aufgrund der Berichte einzelner, die den Beweis für diese Möglichkeit liefern. Als ich das Vorwort zur 1. Auflage schrieb, hielt ich die Begleitung durch den Therapeuten in jedem Fall für unumgänglich. Doch inzwischen habe ich realisiert, daß all die Fragen, die ich im Laufe der Jahre in bezug auf die Grundlagen und das Vorgehen an J. Konrad Stettbacher stellen mußte, in diesem Buch prinzipiell beantwortet sind. Der aufmerksame Leser, der nicht endgültig durch die psychoanalytisch geprägte, intellektuelle Abwehr blokkiert ist, kann mit Hilfe dieses Buches erfahren, wie er durch die Beschreibung seiner Befindlichkeit im therapeutischen Dialog (vgl. „Anwalt des Kindes", S. 74ff.) seine Gefühle gefahrlos wahrnehmen, artikulieren und erleben kann, um sie anschließend zu hinterfragen und seine wahren Bedürfnisse zu finden.

Die von J. Konrad Stettbacher entdeckten nachweisbaren Gesetzmäßigkeiten sind hier erstmals klar, umfassend und eindeutig beschrieben worden. Das auf diesen Gesetzmäßigkeiten beruhende Vorgehen sowie die von ihm für die Therapie entwickelte Technik der vier Schritte werden immer wieder helfen, sich zu orientieren. Damit kann der Einstieg in die Selbsthilfe gewagt werden, um das einst erstarrte Kind zum Fühlen, zum Reden und zum Klagen zu ermutigen. Da nun endlich die ganze Wahrheit über die eigene Geschichte Schritt für Schritt gesehen und gesagt werden darf, kann jeder, der will, immer wieder aus der Verwirrung zur Klarheit gelangen, bis alle Trübungen aufgehellt sind.

Die spezifische Wahrheit seiner eigenen Geschichte wird jeder mit Hilfe der Gefühle selbst entdecken müssen und können. Sobald sein innerer Therapeut aufgrund gemachter Erfahrungen Vertrauen zur Therapie und Vertrauen in sich findet, wird er sich immer furchtloser zu helfen wagen. Jeder, der sich zuverlässig helfen will, muß dafür sorgen, daß er sich genug Zeit einräumt und den geeigneten Raum findet, damit er sich die nötige Aufmerksamkeit und die innere Zuwendung und Beteiligung schenken kann. Dann wird er seine aktuellen, jeweils auftauchenden Probleme mit Hilfe seiner Gefühle formulieren, ernst nehmen, erleben und bearbeiten können. Nur so wird es ihm möglich sein, die Angst, die seine Auflehnung begleitet, als Folge seiner spezifischen Geschichte zu begreifen und sie daher leichter durchzustehen. So kann er sich endlich davon befreien. Er muß den Schmerz nicht länger abwehren, kann die entspannenden Tränen weinen und endlich die immer wiederkehrenden Schuldgefühle auflösen.

Er, der einzelne selbst, wird dem Kind in sich unzählige Male wiederholen müssen: „Es lag nicht an dir, daß dir Schreckliches widerfahren ist, du hattest keine Möglichkeit, die Mißhandlungen und Verwahrlosungen, den Betrug und den Mißbrauch zu verhindern; du konntest nur verdrängen und dein Bewußtsein aufgeben; aber wenn du jetzt damit fortfährst, zerstörst du dich und andere – du zerstörst deine Gesundheit und deine Zukunft, für die du heute allein die Verantwortung trägst. *Es gibt keine heilsame Alternative zum Sehen und Erkennen der Wahrheit.*"

Jeder muß sich selbst helfen, das eigene Verhalten und das der anderen in Frage zu stellen, immer wieder neu, um immer mehr Klarheit über die verwirrte Situation zu bekommen. Er muß das Kind in sich ermutigen, seine Klagen so ausführlich und eindeutig wie möglich zu formulieren, die Klagen über einst an ihm begangene Verbrechen, für die es, außerhalb seines Selbst, keine Tribunale gibt.

Wer einst zum Opfer gemacht wurde, muß sich in der Therapie nach genauer Prüfung selbst seine Urteile bilden und selbst die entsprechenden Verurteilungen aussprechen. Als Erwachsener ist er nun zum einzigen Richter über sein Leben geworden, wie auch zum einzig Verantwortlichen für seine Zukunft. Er wird sich helfen, seine kindlichen, verschütteten, und seine jetzigen Bedürfnisse zu spüren, ihre Berechtigung zu überprüfen, sie ernstzunehmen und Wege zu ihrer Befriedigung zu finden, die aufbauend und nicht zerstörerisch sind.

Die Befreiung durch die Therapie setzt begreiflicherweise viel Energie frei, die bisher auf ent-

fremdende, oft selbstdestruktive oder/und destruktive Ersatzbefriedigungen ausgerichtet war, denn echte Lust und Freude waren dem Kind verboten gewesen.
Aus der Einsicht in die Schritt für Schritt entdeckte Geschichte und aus den frei gelebten Gefühlen in der Therapie schöpft der einst mißhandelte und betrogene Mensch die nötige Kraft und Klarsicht, die er braucht, um sich nie mehr ahnungslos ahnungslosen Menschen, unter anderen den sogenannten Helfern, auszuliefern, sich nie mehr mißbrauchen zu lassen und mit Verantwortung, aber auch mit Freude für sich zu sorgen – für das Wesen, das so früh lernen mußte, daß es der Sorge und Liebe unwürdig sei.
Kein Therapeut kann diese Funktion besser erfüllen, als der, den wir mit Hilfe der Stettbacherschen Anleitung in uns aufgebaut haben, der unseren Namen trägt und der uns nie verlassen wird.

Im Juli 1990 Alice Miller